听兰斋说兰
麻凡诗草

江苏文艺出版社

图书在版编目（CIP）数据

听兰斋说兰·麻凡诗草 / 麻凡著. — 南京：江苏文艺出版社，2012.8

ISBN 978-7-5399-5426-4

Ⅰ.①听… Ⅱ.①麻… Ⅲ.①诗集－中国－当代 Ⅳ.①I227

中国版本图书馆 CIP 数据核字(2012)第 157032 号

书　　　名	听兰斋说兰·麻凡诗草
著　　　者	麻　凡
责 任 编 辑	于奎潮　王娱瑶
出 版 发 行	凤凰出版传媒集团
	凤凰出版传媒股份有限公司
	江苏文艺出版社
集 团 地 址	南京市湖南路 1 号 A 楼，邮编：210009
集 团 网 址	http://www.ppm.cn
出版社地址	南京市中央路 165 号，邮编：210009
出版社网址	http://www.jswenyi.com
经　　　销	凤凰出版传媒股份有限公司
印　　　刷	南京精艺印刷有限公司
开　　　本	787×1092 毫米　1/16
印　　　张	9.25
字　　　数	50 千字
版　　　次	2012 年 8 月第 1 版　2012 年 8 月第 1 次印刷
标 准 书 号	ISBN 978-7-5399-5426-4
定　　　价	65.00 元

（江苏文艺版图书凡印刷、装订错误可随时向承印厂调换）

● 麻凡近影·刘宁摄

麻凡艺术简历

麻凡，当代著名书画家、篆刻家。被誉为当代书坛小篆第一人。其独创的泼墨狂草，开辟了书法用笔用墨的新境界。麻凡的山水、花鸟画格调高雅，灵气充溢，尤善画鹰，有"东方鹰神"之誉。先后在中国美术馆、江苏省美术馆及日本等地十二次举办个人书画篆刻展。世界八十余家博物馆、美术馆、高等学府收藏了他的作品。出版有《麻凡书画篆刻选集》、《麻凡山水画集》、《麻凡诗书画印选集》。《中国美术年鉴》《中国美术家人名录》、国际交流出版社出版的《世界名人录》收录了他的词条。苏黎世大学汉学家卡尔·森金著有《麻凡——当代怪杰书画艺术家》（德文版），南京出版社出版有《艺苑奇才——麻凡》（陈新耕著）、《禅画酒言》（麻凡著），香港天马图书出版有限公司出版有《麻凡轶事》（车大敬著），天津古籍出版社出版有《麻凡艺术研究》（张振霖、车大敬编）。

麻凡原为南京市博物馆征集部主任，现为南京大学兼职教授、中国书画函授大学教授，国家一级美术师。

麻凡除在书画、篆刻领域取得令人瞩目的成就，在诗词创作、鉴赏、古文字研究等领域也有不凡造诣。

（综合新华社、中新社、《人民日报》《中国日报》、中央电视台、中央人民广播电台等媒体的介绍）

艺苑奇才——麻凡

王学仲

南京市文化局

南京市博物馆征集部主任：

庞川先生是我的学生。该同志忠厚诚实，勤奋好学，早年入南艺从策刻家丁吉甫先生进修四年，后又入南师攻读书艺。是一位有作为的青年金石书法家。余以为庞川同志已具各项读博士研究生的条件。

亚明

南京 十竹楼

● 一九八七年五月亚明先生致南京市文化局的一封信

- 左一　邹晓峰博士　南京麻凡艺术馆馆长
- 右一　杨涌波　　　南京麻凡艺术馆财务总监
- 中　　本书作者麻凡

- 左一　周琳博士　南京麻凡艺术馆艺术总监
- 右一　麻小凡　　南京麻凡艺术馆副馆长、法人
- 中　　本书作者麻凡

● 南京麻凡艺术馆听兰斋一角

● 南京麻凡艺术馆听兰斋一角

● 南京麻凡艺术馆听兰斋一角

● 南京麻凡艺术馆听兰斋一角

● 南京麻凡艺术馆听兰斋一角

● 南京麻凡艺术馆听兰斋一角

● 南京麻凡艺术馆听兰斋一角

● 南京麻凡艺术馆听兰斋一角

● 本书作者在听兰斋

● 本书作者同兰友赏兰

● 本书作者在罗布泊慰问石油工人

● 本书作者在香格里拉同藏族老人交谈

● 本书作者在青藏高原采风

● 本书作者与朋友郊外采风

● 本书作者和大蛋、二蛋

● 本书作者和闹闹、妞妞

写在前边

在我的画室里,错错落落种植了数十盆品种不一的兰花,在画室门前有一块横匾,为"听兰斋"。有朋友来访,询以为何取名"听兰",我笑而不答,示意品兰,挚友常在品兰中悟出"听兰"的涵义。

清代张潮于《幽梦影》一书中说:"春听鸟声;夏听蝉声;秋听虫声;冬听雪声;白昼听棋声;月下听箫声;山中听松风声;水际听欸乃声;方不虚此生耳。"这是用耳去听,重在品察不同的声源,心并没有和被听的物事产生对流。当人对某种物事入迷、入痴、入心时,听到的就不仅仅是声源,还能听到心灵的感受。对兰花爱到了极致,就会不再囿于以视觉、嗅觉品兰,更多的是以心品兰。若能达到如此境界,便能听到兰花绽放时悦耳的絮语,兰叶在清风中伸展时微颤的曲线,兰香在空间飘逸时美妙的流韵,这就是用心灵"听兰"。

在我看来,兰花是天赐之灵物。其香、色、姿、形……无一不是天作地造;其幽、逸、神、韵……无一不是人间审美的最高境界。在我的"听兰斋"里,就有这么一盆珍贵的"下山新品":修长的兰叶青翠欲滴、流畅飘逸,叶面上伸延着透明的金丝,悠悠忽忽,从叶端流向叶尖,似断非断,情意绵绵;当开花之时,只见花瓣玉洁,花蕊微颤,宛如一群冰肌玉质的仙女,拨动着绿叶金丝交织成的琴弦,妙曼起舞;其香来如清风,飒然而至,去似流云,不知所终,真可谓:

寒室幽兰一帘春,
横窗瘦影绝凡尘。
枝斜弦月共风凉,
花开消息动雨声。

已惜国香更心香,

偶占春梦还晓梦。
玉蕊冰心方寸间，
容得无限烟云生。

兰花虽然常常占住了我的梦，然而，我却从不画兰。有不少朋友不解，既然这么喜爱兰花，为什么不用笔去表现兰花呢？我对朋友这么说："一个人身在轮回，不可能不染尘埃。因此，修身养性也就成了擦拭心灵的重要作业。弘一大师说：'不为外物所动之谓静，不为外物所实之谓虚。'兰，为我创造了这样一种宁静的氛围和空灵的心境。我，正是在因兰而生的虚静中写字作画，喝酒品茗，修身养性。精神在空灵的心境中得以升华，灵魂在兰香的浸润中得以净化。我非不画兰花，而是珍爱兰花。"

有一盆兰花放在案头，丰姿绰约、幽香阵阵，是玩物还是赏品？我觉得，是一种心情。

养花、玩玉、赏壶、收茶，都是很强调主观感受的，很多所谓标准是不可言说的。如白玉，一定要很"油"——油脂度、油腻感，但这实在是一种感觉，根本无法量化的。壶，除砂质、造型、手工以外，还强调整体的气韵——所谓精、气、神。茶，茶香、回甘、喉韵，等等，完全是要经过很多感受后总结体会感悟才能得到的。这一切，都是没有底的，难穷尽的。当然，我们芸芸众生未必需要将一种爱好养得如此之深。在日常繁杂的、琐碎的、让我们孜孜以求的、简单重复的种种营生之余，有这样那样的爱好，不失为生活的一种调味品，只是不要让爱好成为负担，独乐可、与众同乐亦可。

古人说："花不可以无蝶，山不可以无泉，石不可以无苔，水不可以无藻，乔木不可以无藤萝，人不可以无癖……"根据自己的意趣、审美取向等等因素，培养一种癖好、一种玩法，是人生的一大乐趣。关键是要自得其乐，玩物未必丧志，怡情方为其要。周琳兄热爱摄影，尤爱拍摄兰花，我所种植兰花大多由其业余拍摄，在拍摄过程中，周琳兄也其乐融融。

在我的花坛上，程梅、宋梅、三顾茅庐、锦上添花……绽放着朵朵花儿，朴素而淡雅；在微风中曼舞着她们娇小可爱的身躯，飘逸着一丝丝若有若无的馨香。凝望着兰花的动人舞姿，不由触动了心中的点点灵光。

红尘中万千俗事缠身，为名累、为情累、为利累。时间久了积攒了太多的负荷，精神状态失去了往日的健朗，人开始疲倦，开始困乏，更开始可怕的懈怠……一直说人累就是心累，心累是由于欲望的过度膨胀，为那些欲望不断地透支着宝贵的时间、精力以至于生命。

我清楚地知道，我是人，便无法阻止基于人性的"欲望"产生，重要的是能不能为自己安装一个阀门，不让"欲望"恣意地喷发。

而这些兰花便是我心灵的驿站，我坐在兰花前，脑海里清澈空灵，四周很安静，可以清晰地听到自己均匀的呼吸声，还可以听到兰花修长的青叶摇曳时的沙沙声、花瓣绽开时的哔卜声、生命在叶脉中流动时的汩汩声……这时，我躁动的心灵便趋于宁静，"蠢蠢欲喷"的人性欲望也随之而消弭于无形。

兰花也会弹奏一种旋律，一种美的旋律。静下心来，你就会听得真切，听得实在。在一片极端的寂静中，兰音如梵音，它仿佛远在天边又似乎近在咫尺。管弦丝竹的喧哗，又怎么比得上真实的天籁，锦衣玉食的奢华换不了这片清纯的靓影。清冷的月光打湿了轻盈的空气，兰花的花葶如箭一般刺穿湿漉漉的空气，发出金属的声音，铮铮作响。被月光洗净的心已经空灵无物，又何必再沾染凡尘呢？就让兰花的旋律自我的心里流出，映着乳白色的月光，在天地间流淌，流过尘世间的石砾岩缝，溅起一串"叮咚"，兰音？梵音？

与兰花结识、结缘并相依、相存的过程中，才深刻了解到兰品的高贵、雅淡、志远、心善和坚韧。粗看兰花，是多么普通，普通得和野草没有两样，可是当你与兰花结识和结缘时，她又是那么的不同凡响，就跟一个修炼得道的高人一样。得道的高人融进人群后，你根本发现不了他的存在，他和天下的普通人没有两样，在你还没有认识他的时候，他的那种朴质、善良和小心翼翼，甚至还可能让你瞧不起，只有你跟他们相处、相知、相融、相磨合的时候，你才可能由衷地崇敬和佩服他。

兰花就像一本书，有人读出风清、玉洁，有人读出疯狂、痴迷，有人读出成功、自豪，但是，没有人能读出兰花的全部。

如果不懂欣赏，兰即如草，并无特别之处。如果不渗入文化的气韵，兰花也只是兰花而已。但是，兰花一方面具有不屈的骨气，另一方面又有一种温文尔雅的柔情美，是爱兰的人们公认的完美形象。因此，古人将兰花人格化，将人的精神追求投射其中，兰中有世界，有生命，有人格，世代承沿，形成具有多元文化特征的兰文化体系。因此，兰花已不再是兰花，而是一种文化，是一种源远流长、内涵丰盈的文化。

兰花汲取自然之美，陶冶心情，有助于人生修养之功。千百年来，多少文武风流，虽在军旅行伍之中、画案书桌之上，犹能爱兰如故人，传其佳话——勾践渚山种兰，右军兰亭修禊。古有"黄殿讲"、"蒲通判"等名兰，这是把最早培植者的姓衔做名字。可知兰蕙从野生而移植家园，由来已久，从而加工培养，择优留种，辗转传播，推衍愈广。继之有集会展览，有专家品评，楼阁园亭，无兰不雅，茶余酒后，惟兰是馨。

中国兰花总是和中国文化血肉相连，难舍难割，故文学中有咏兰诗词、文赋，绘画中有兰花图、卷，这些艺术形式无不是人们因喜爱兰花而创造出来的精神产物。任何事物都有其本质和丰厚内涵，我们观察事物，应从其外表读出本质和内涵。兰花那种其叶常绿、昌茂不凋、抱清寒而不委琐的精神品质和儒家所倡导与追求的"中庸"、"中和"、"礼义"、温、良、恭、俭、让的思想默契吻合，相通一致，故兰花中有儒文化推崇的义理与内涵。

兰花也和道家文化相通。老庄哲学讲"道"，宣扬和主张"清静无为"。道家认为，"道"即阴阳和合之气，万事万物皆秉气而生，"清静无为"即阴阳和合之状，平衡之态。《易》曰"一阴一阳之谓道"，在天成象，在地成形，阳施阴受，阴阳交合而天地位焉，天地定位，日月弦转，五行相推，万物生矣，这就是"道"。"道"者，就是与大自然和谐相处。兰花是天地的万物之一，其幽贞淡雅、香清缥缈的物性表现出一种天然浑合之美，完全符合道家"清静无为"的思想，开花不求俗人赏，自在山林淡放香，兰花守阴采阳、柔和刚健之叶吐出了平和舒展的神韵美，阴阳之道尽蕴其中。老子《道德经》云："一生二，二生三，三生万物"，对应兰花无不应验，一是事物的基数，指兰花色彩的素色单色，二、三、万物指事物的衍生与变化，喻复色，可证兰花色彩的调和与色变；叶艺、瓣型也如之。天理昭然，大道乾坤赋美于灵草，表现了大自然的天机和阴阳和合之美，道在兰花，其证明矣。

兰花也通禅意。佛家之禅者，静也，定也，悟也；静了、定了就得妙悟，就能生出人生的大智慧来。而兰花不变的物性就是定，此幽兰之品格也，在无人处也会绿茂叶健吐蕊放香，亦即"气如兰兮长不改，心若兰兮终不移"。人在红尘难免被染，养兰就是学习兰花清静，戒污染，守定心志走正道的真善之路，争取修成人生的正果。几乎所有佛家的寺庙禅院都植有禅兰，其目的乃用作僧尼入定悟禅与劝教世俗众生修行的吧。古人说，兰花是禅花，这是因为她从不惊心，从不伤怀，花开花落都随意，孤芳独步且自赏。她已经习惯了空谷幽闭的日子，更习惯了风餐露宿的生存。那是一种历经磨难和艰辛的沉静，是一种面对风雕雨蚀和四季轮回的坦然，是一种宁静和虚无的玄奥，是一种淡泊和超脱的禅意。

静心观兰，鼎立的外三瓣妙趣无穷。从佛家来看，她似乎代表了"三乘"佛法：声闻乘、缘觉乘、菩萨乘，幽兰空谷之性正合般若之体。从道家来看，她似乎又代表了"三清":玉清、上清、太清,幽兰清纯之性正合三清之相。从儒家来看,又似乎是指天、地、人"三才",天无私覆,地无私载,幽兰贞正无偏之性正合三才之用。真是一朵兰花含藏无边妙义啊!

兰花历来为文人士大夫、诗人、画家所钟爱。为什么他们对兰花情有独钟、爱之不舍?因为文人士大夫追求的人生宗旨是进则立功、退则静养的标准,立功不成就退而植花养草,著书立说,授徒传道,或结社吟诗雅咏酬唱写字画画,兰花那种淡雅幽贞的品性就自然而然、顺理成章地成为娱情寄志的理想对象。不得志就卧隐山林,"独善其身",不乱其所为,像兰花一样,生在荆棘丛中也表现出君子之风和高洁的操守。

中国人发现了兰花,创造了兰花文化,浩如烟海的兰诗、兰文、兰书、兰画使得兰花不再囿于一叶一花,而成为中华民族血脉中流淌的新鲜血液,成为中国人生活中、精神上不可或缺的重要组成部分。如今的兰花更行其盛,已进入寻常百姓家,同古玩字画一并成为太平盛世的名片,她将以物质和精神的混成艺术体在当代中国人的精神生活中扮演至关重要的角色,她的花将更美,她的香将更悠远,她的魂将更恒久。

赏兰听兰之时,我也会有一些突发的妙思,吟成诗句,有时又觉得这些诗句仿佛并不是我所吟得,而是兰花借我之口,一吐兰言蕙语。这些兰言蕙语积箧多年,竟也得百十首之数。遂不避续貂之嫌,选得六十首,续在兰花之后,以博知者一哂。

麻凡于听兰斋
2012年2月8日

目 录

蝶恋花　逸情 /3

蝶恋花　秋浓秋淡 /5

蝶恋花　梦里幽兰 /7

蝶恋花　试问清风 /9

对联 /11

沁园春　金边大富贵 /13

沁园春　空谷幽兰 /15

点绛唇　湘妃舞 /17

清平乐　自寿 /19

七绝　逸飞 /21

诉衷情　相思 /23

七绝　舞者——写给狗蛋 /25

采桑子　心如扁舟 /27

采桑子　杏黄薄衫翩翩舞 /29

七绝　蝶影 /31

点绛唇　昔日相逢 /33

雨霖铃　情缘 /35

七绝　散梦 /37

七绝　1995年为城市运动会题 /39

七绝　初痕 /41

鹧鸪天　问梦 /43

西江月　心锚 /45

对联 /47

七律　书剑行旅 /49

西江月　写在建民兄解甲归里之时 /51

青玉案　思念 /53

七律　夜枕兰魂 /55

蝶恋花 /57

贺新郎　听兰斋兰韵 /59

七绝　梦兰（一）/61

七绝　梦兰（二）/63

七绝　梦兰（三）/65

七绝　梦兰（四）/67

七绝　梦兰（五）/69

七绝　梦兰（六）/71

念奴娇　香祖 /73

七律　疏影 /75

五律　新绿 /77

对联　楚楚玉女 /79

对联 /81

七绝　坠露 /83

一剪梅　别梦兰圃 /85

对联 /87

七律　凤林听禅 /89

五绝　苦禅 /91

五律　答盛必龙先生 /93

卜算子　绿云 /95

巫山一段云　纸鹤情 /97

西江月　幽谷艺兰 /99

点绛唇　花魂瘦 /101

虞美人　赠故人 /103

菩萨蛮　书斋听兰 /105

西江月　写给步耳兄 /107

七律　闲思 /109

七律　独对幽兰 /111

鹧鸪天　问春 /113

如梦令　独坐 /115

七绝　读金钢经有悟 /117

五律　深山觅幽 /119

一剪梅　昨夜梦兰 /121

● 苍山奇蝶·逸情

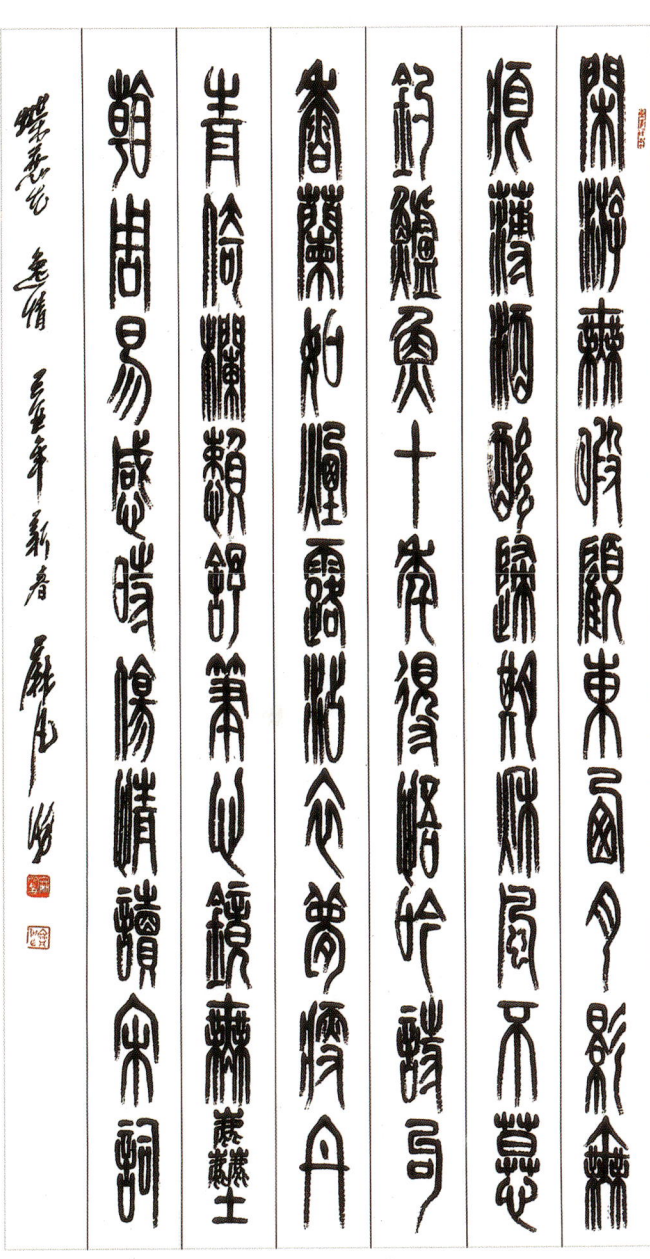

● 2009年新春作并书

蝶恋花
逸 情

闲游无暇顾东西,
月影无痕,
薄酒酬归期。
秋风不慕钩鲈鱼,
十年得悟吟诗句。

香兰如烟露沾衣,
梦瘦丹青,
倚栏懒舒笔。
心镜无尘看周易,
感时伤情读宋词。

● 下山草·秋禅

蝶恋花
秋浓秋淡

秋浓秋淡秋几许。
风洗罗裳，
娟娟出几枝。
品秋三勺成秋癖，
醉花一生变花痴。

倩影却存王者姿。
一缕香魂，
悠然化碧玉。
摘来星光贮花蕾，
借得芳魂写相思。

● 2009年新春作并书

● 江南菊·梦里幽兰

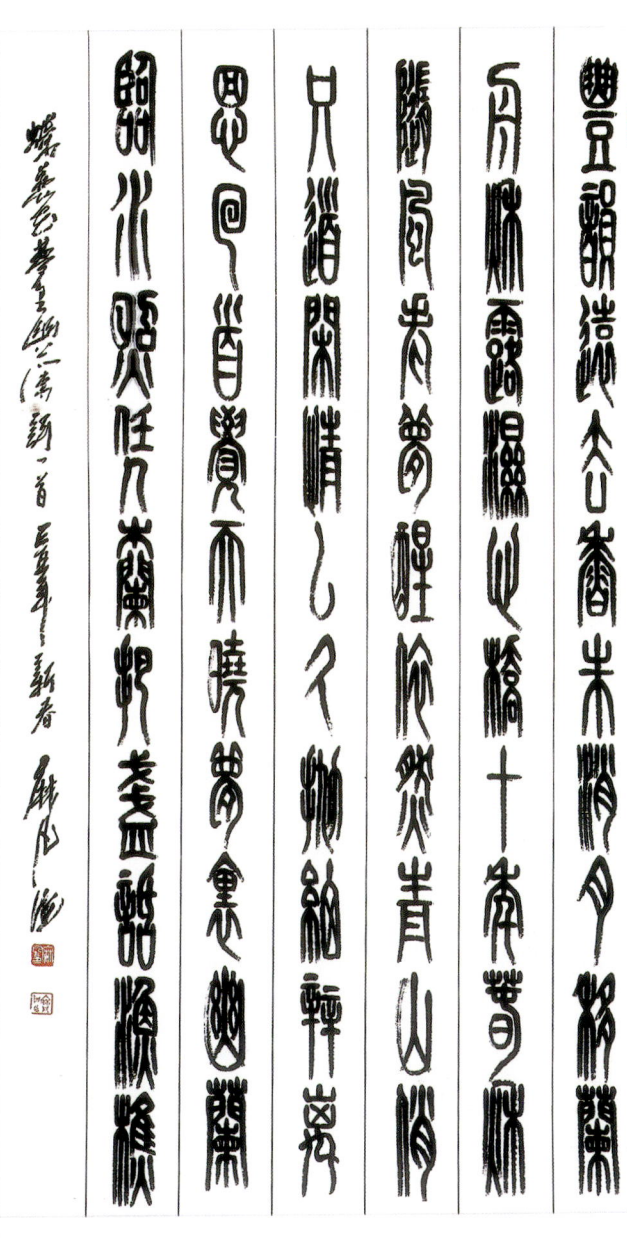

2009年新春作并书

蝶恋花
梦里幽兰

丰韵远去香未消。
月移兰舟,
秋露湿心桥。
十年春秋随风老,
梦醒依然青山俏。

只道闲情已掷抛。
细辨离思,
回首觉天晓。
梦里幽兰临水照,
凭栏把盏话渔樵。

● 花蝴蝶·试问清风

蝶恋花
试问清风

试问清风花几许。
兰草萋萋,
绿润旧时雨。
十年长醉醉中痴,
繁华消尽英雄死。

案前把笔意渐迷。
有月微凉,
抱香眠翠枝。
梦里书笺别后知,
深情傲骨雨迷离。

● 2009年新春作并书

● 桃园三结义·闲意

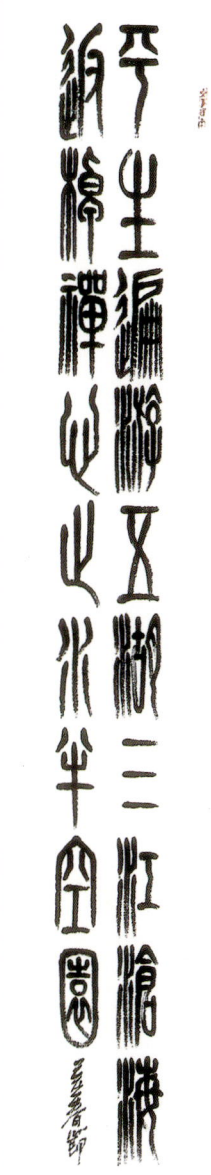

● 2009年春节作并书

对　联

平生游遍五湖三江　　沧海返棹　　禅心止水半空园
千秋参破尘苑俗世　　桃源息影　　闲意适情听兰斋

● 金边大富贵·富贵双全

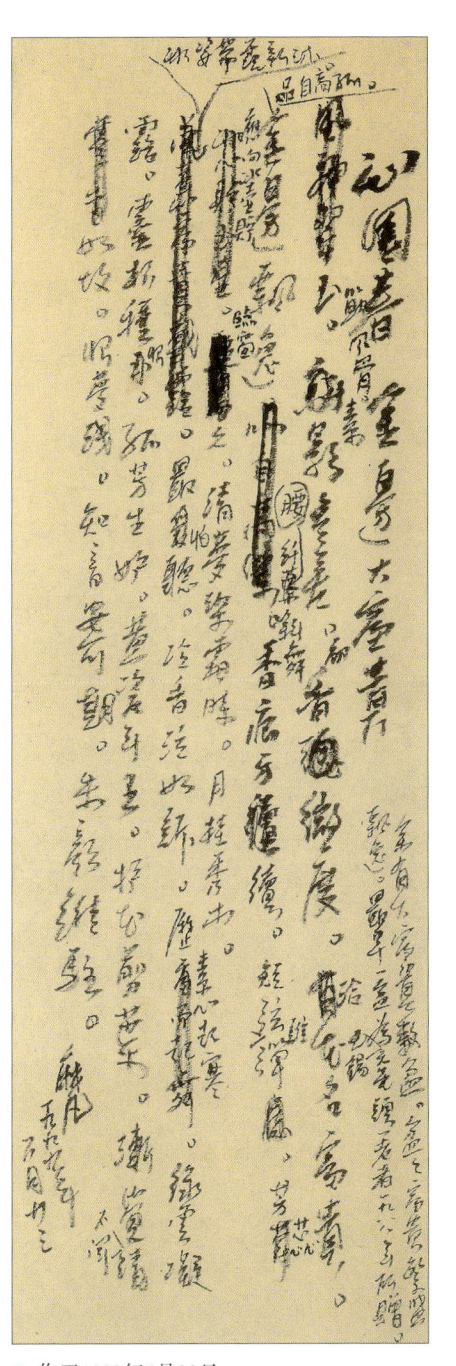

● 作于1999年6月23日

沁园春
金边大富贵

风骨玉箸,素影参差,初香微度。
恰花名富贵,品自孤高;
金边飘逸,纤腰斜舞。
香痕方续,短弦谁弹,芳蕊应向冰壶贮。
临风久,清梦染霜时,月桂秀木。

冰姿带露新沐。
最怕听,冷香泣如诉。
历素心起寒,绿云凝露,
灵根种恨,孤芳生妒。
黄瓷斗里,护花剪叶,
渐觉不闻清如故。
恨梦戋,知音安可期,朱颜难驻。

● 汉血宝马·铁骨浩翰

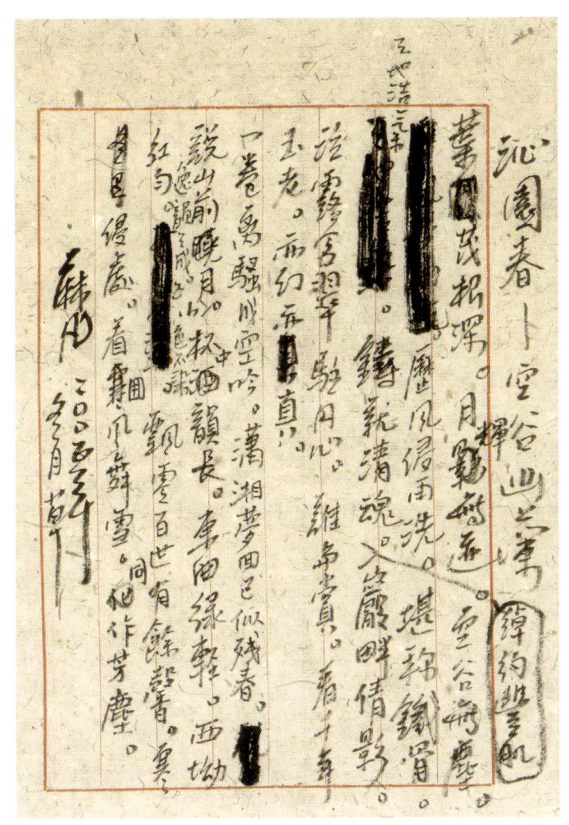

● 作于2005年冬

沁园春
空谷幽兰

叶茂根深,月辉无迹,空谷无尘。
历风侵雨洗,堪称铁骨;
天地浩气,铸就清魂。
绰约丰肌,岩畔倩影,立露含翠驻丹心。
谁与赏,看千年玉老,亦幻亦真。

一卷离骚空吟。
惜潇湘梦回似残春。
说山前月小,杯中韵长;
东曲绿轻,西坳红匀。
逸韵天成,正色不染,
飘零百世有余馨。
寒侵处,看回风舞雪,同作芳尘。

● 炎黄子孙·湘妃舞

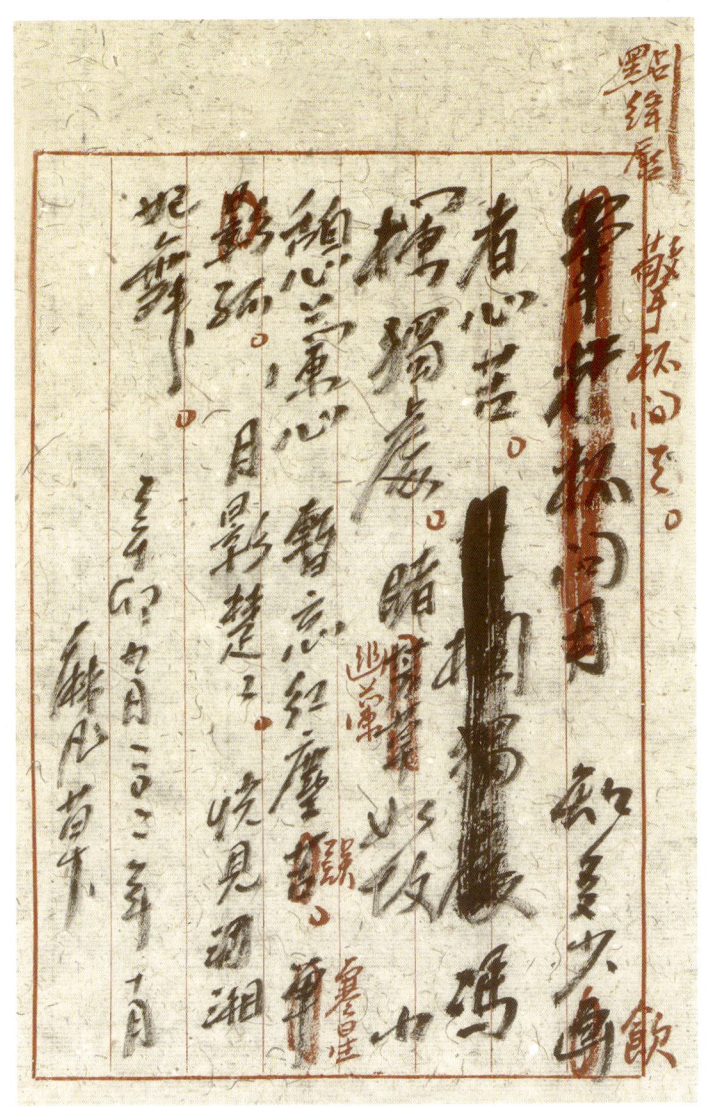

● 作于2011年10月

点绛唇
湘妃舞

擎杯问天,知多少饮者心苦?
凭栏独处,睹幽兰如故。

小憩兰心,暂忘红尘误。
寒星孤,月影楚楚,恍见湘妃舞。

● 富贵牡丹·自寿

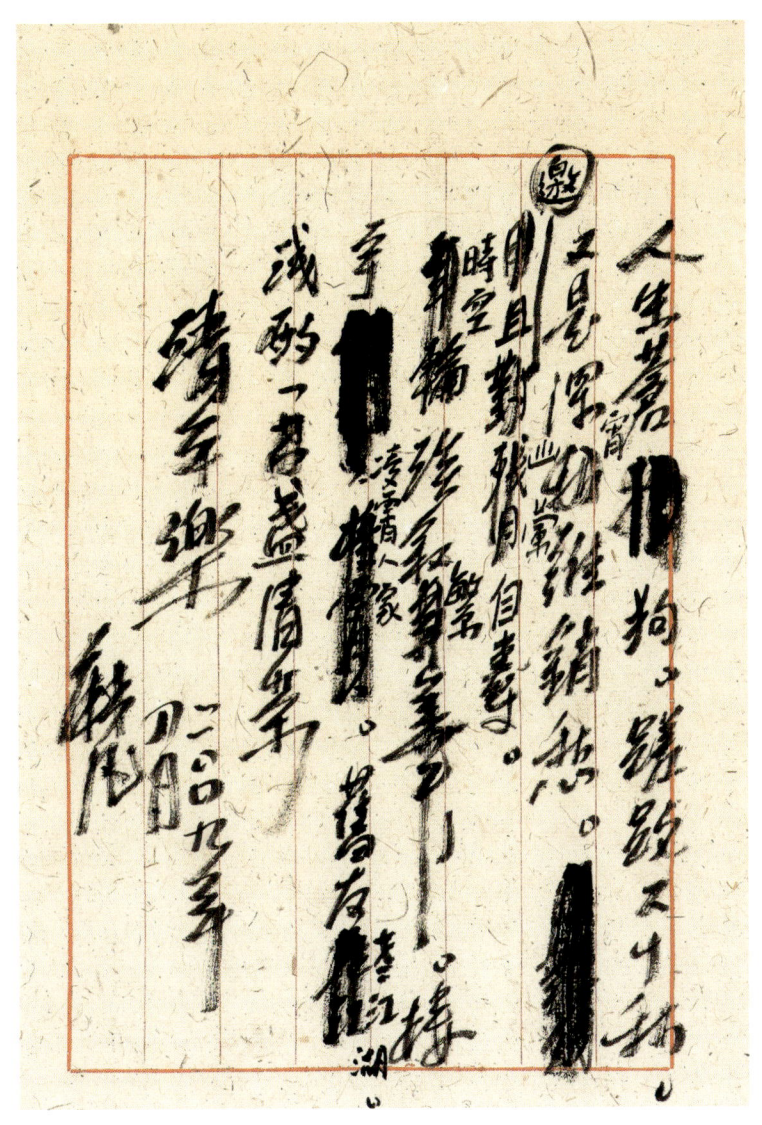

● 作于2009年4月

清平乐
自　寿

人生苍狗，蹉跎六十秋。
又是深宵难销愁，且邀幽兰自寿。

时空淡叙繁华，楼宇凌霄人家，
旧友老江湖，浅酌一盏清茶。

● 下山草·逸飞

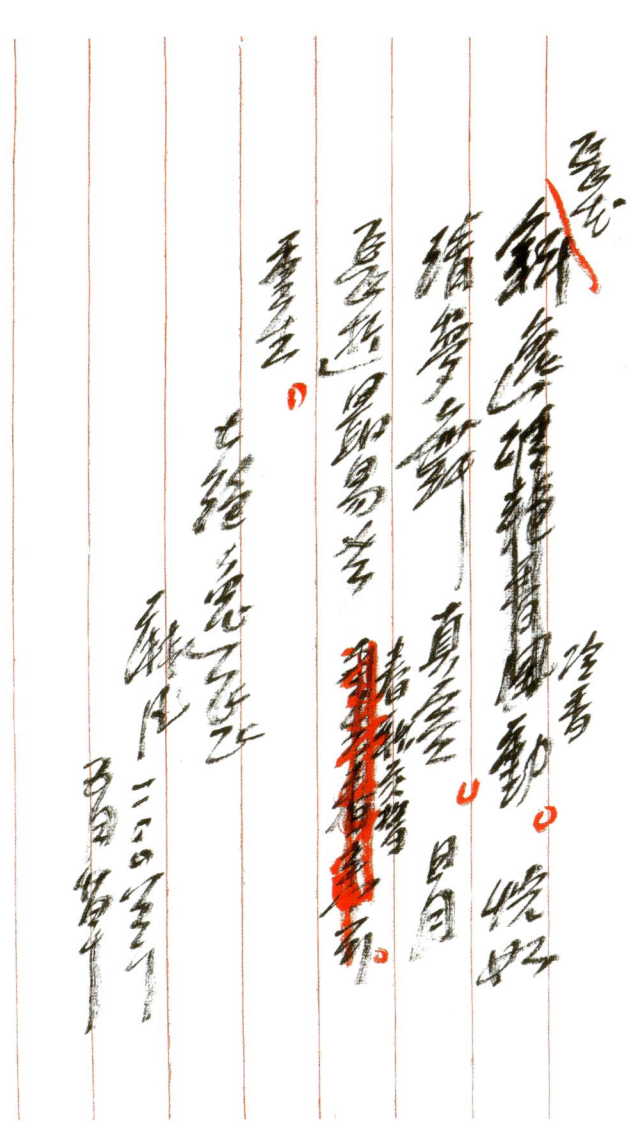

七　绝

逸　飞

飞花斜逸冷香动，
恍如清梦舞真容；
日月飞逝最易老，
春秋交替可重生。

● 作于2008年5月

● 湖州第一梅·相思

/22/

● 2011年大年初五作并书

诉衷情
相　思

江南陈雁又归时,
柳丝逗细雨。
天地万种风情,
斜月映新词。

庄生梦，潇湘笛,
和田玉。
一杯浊酒,
忘了红颜,
老了相思。

● 红蝶·舞者

● 2012年春作并书

七 绝
舞 者
——写给狗蛋

衣袂翻飞香轻柔,
明眸轻波心剔透;
拥到疼时含泪放,
舞尽风流犹未休。

● 冰美人·心如扁舟

● 2006年9月30日作并书

采桑子
心如扁舟

心如扁舟泛秋水,
云追梦逐。
云追梦逐,
诗情未老付冰壶。

雨声一夜花无语,
魂归何处。
魂归何处,
冰清玉洁香如故。

● 下山草・杏黄薄衫翩翩舞

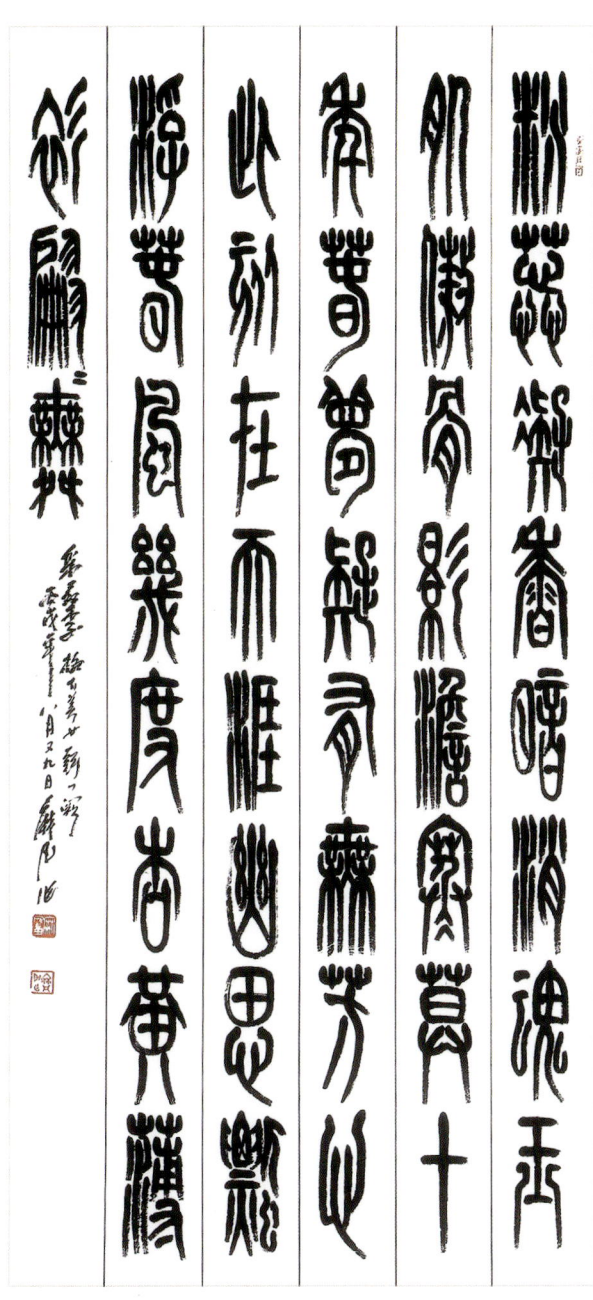

2006年8月9日作并书

采桑子
杏黄薄衫翩翩舞

粉蕊凝香暗销魂,
玉肌傲骨。
影淡寒幕,
十年春梦疑有无。

芳心此刻在天涯,
幽思飘浮。
东风几度,
杏黄薄衫翩翩舞。

● 春雷·蝶影

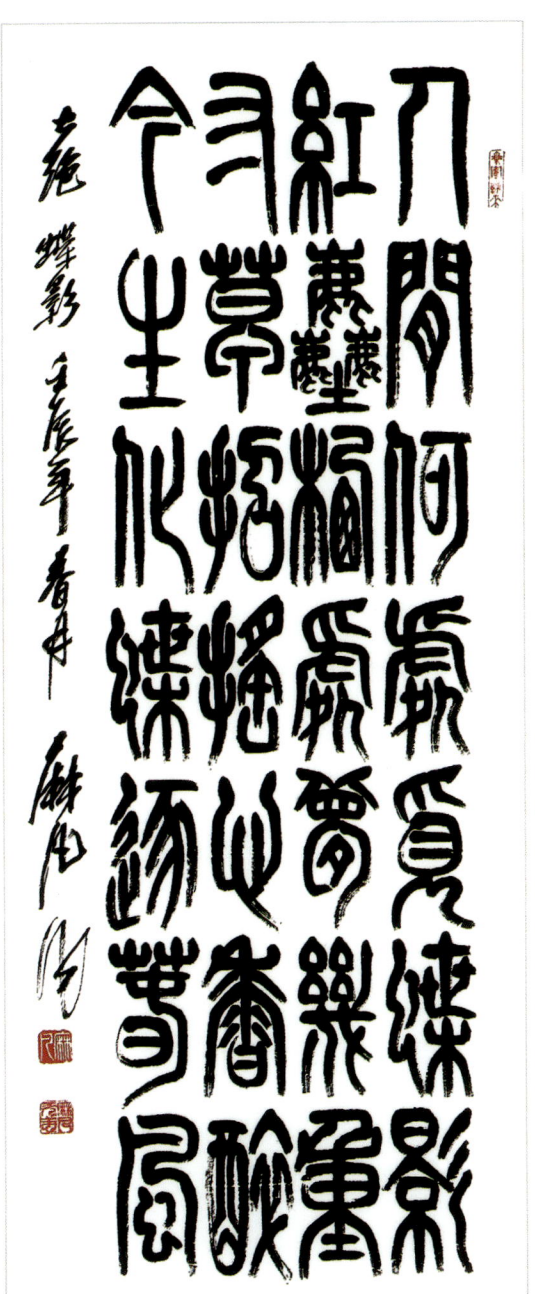

● 2012年春作并书

七　绝
蝶　影

人间何处觅蝶影,
红尘栖处梦几重;
寸草招摇心香醉,
今生化蝶逐春风。

● 适园·无语

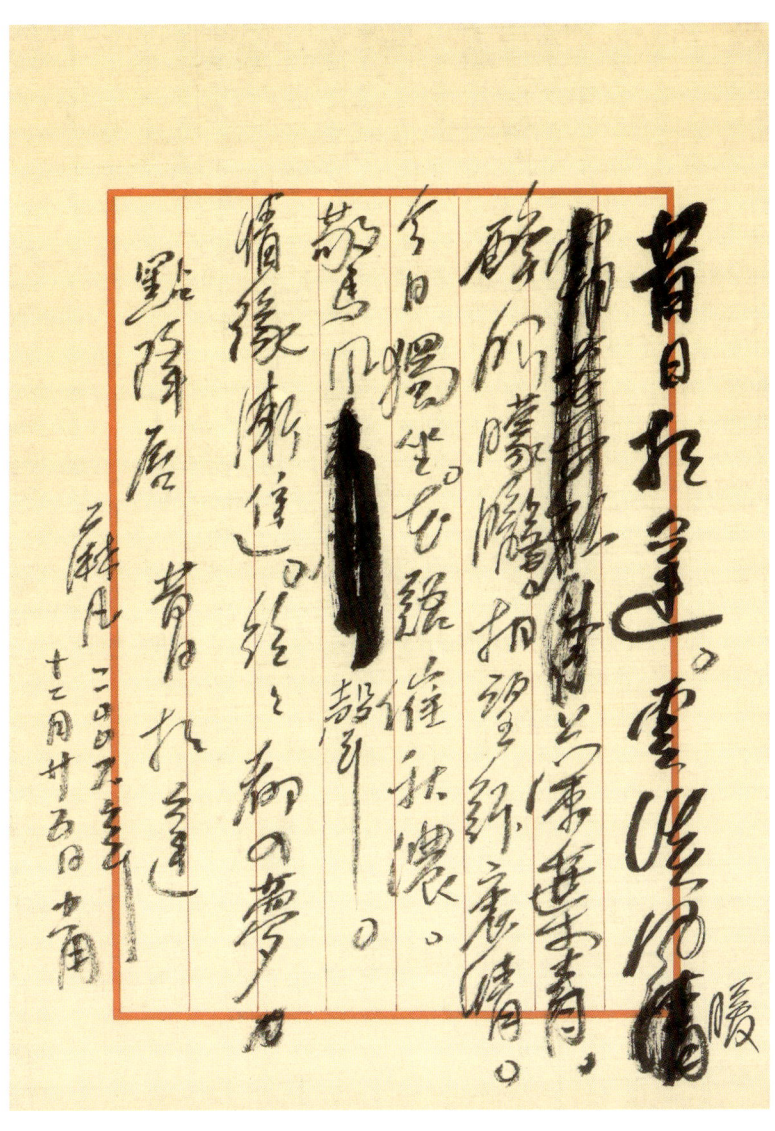

点绛唇
昔日相逢

昔日相逢,
云淡风暖兰叶青。
醉眼朦胧,
相望诉衷情。

今日独坐,
花语催秋浓。
惊风声,
情缘渐近,
丝丝都入梦。

● 作于2006年12月25日,时小雨

● 天草·情缘

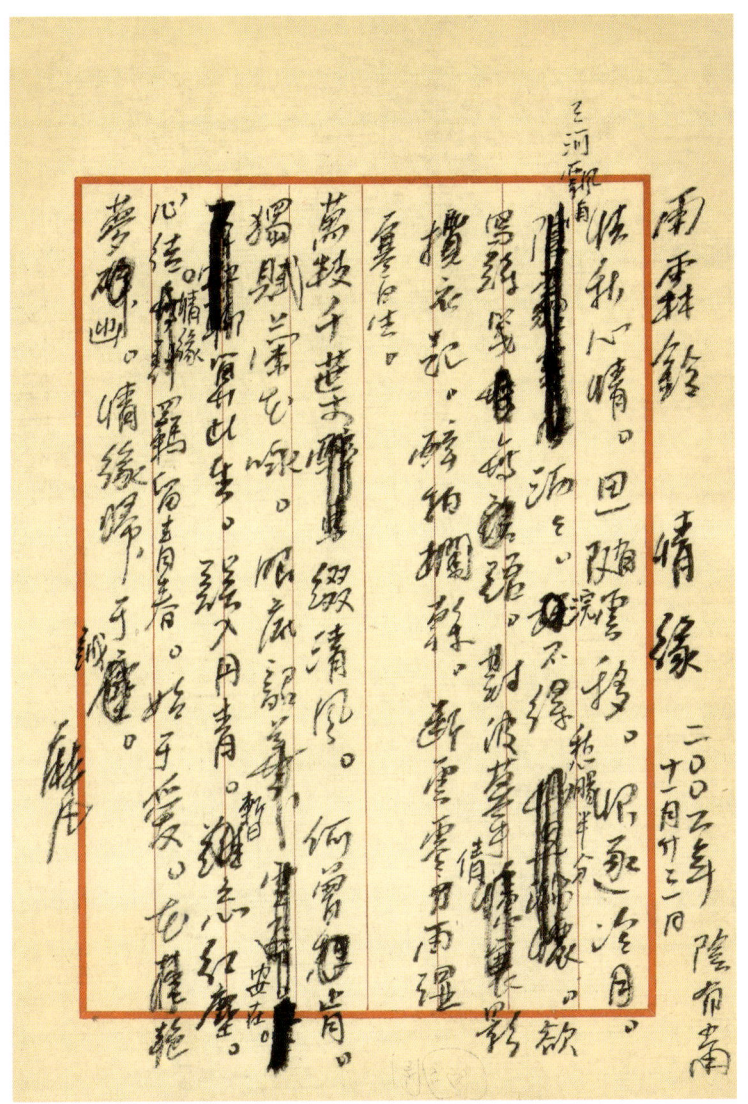

● 作于2006年11月23日

雨霖铃
情　缘

怯秋心情，思随云移，恨逐冷月。
天河飘雨沥沥，浣不得，愁肠半分。
欲写诗笺无语，对波摹倩影。
揽衣起，醉拍栏杆，断云零雨湿寒星。

万枝千叶缀清风，何曾肯，独赋兰花咏。
眼底韶华安在，算此生，误入丹青。
暂忘红尘，心结，情缘羁留青春。
始于爱，花艳梦幽，情缘归于诚。

● 索蝴蝶·散梦

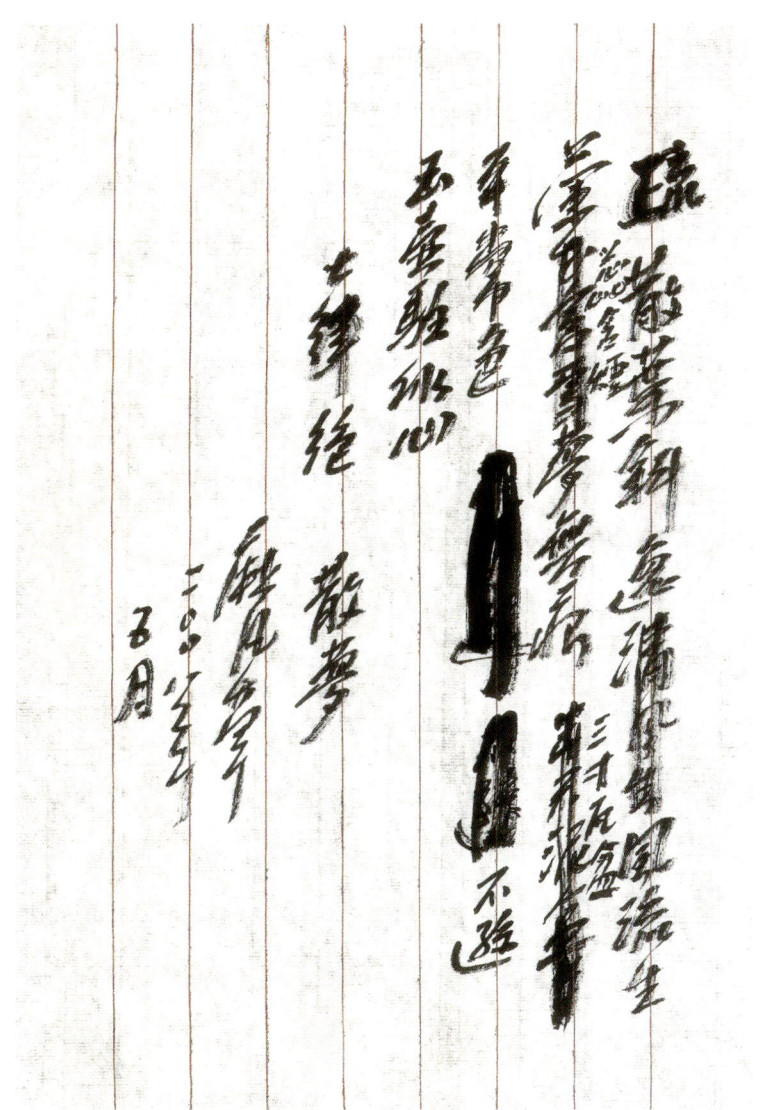

七 绝
散 梦

散叶科逸风流生,
兰蕊含烟梦无痕;
三寸瓦盆平常色,
不逊玉壶驻冰心。

● 作于2008年5月

● 白雪公主·无言

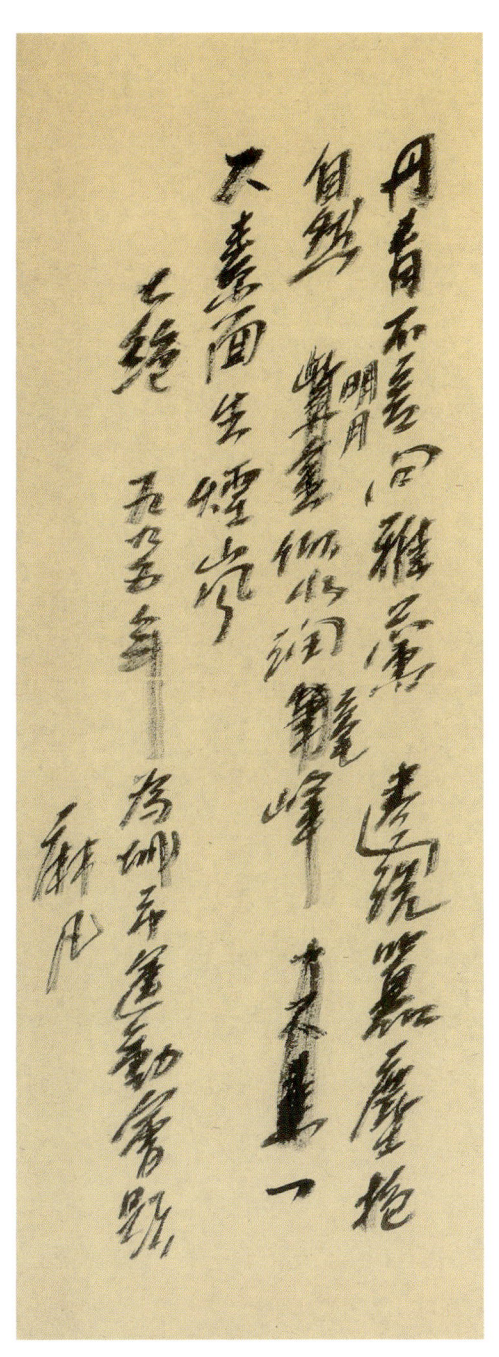

● 1995年为城市运动会题词

七　绝
1995年为城市运动会题

丹青不言问雅兰，
洗尽嚣尘抱自然；
明月似水润毫峰，
一尺素面生烟岚。

● 荷鼎·初痕

● 2012年春作并书

七绝
初痕

含春一枝带露开,
韶华清妍怎堪摘;
冰心玉骨犹处子,
却动凡心向尘埃。

● 红索·问梦

● 2012年春日作并书

鹧鸪天
问　梦

丹青虚掷道未穷,
满目云山掩真容。
奈何沧桑老情怀,
且将风雨当诗咏。

新友识，故知逢,
时光过时兰花红。
今生有梦问谁知。
唯见晚景似秋浓。

● 绿翠桃·心锚

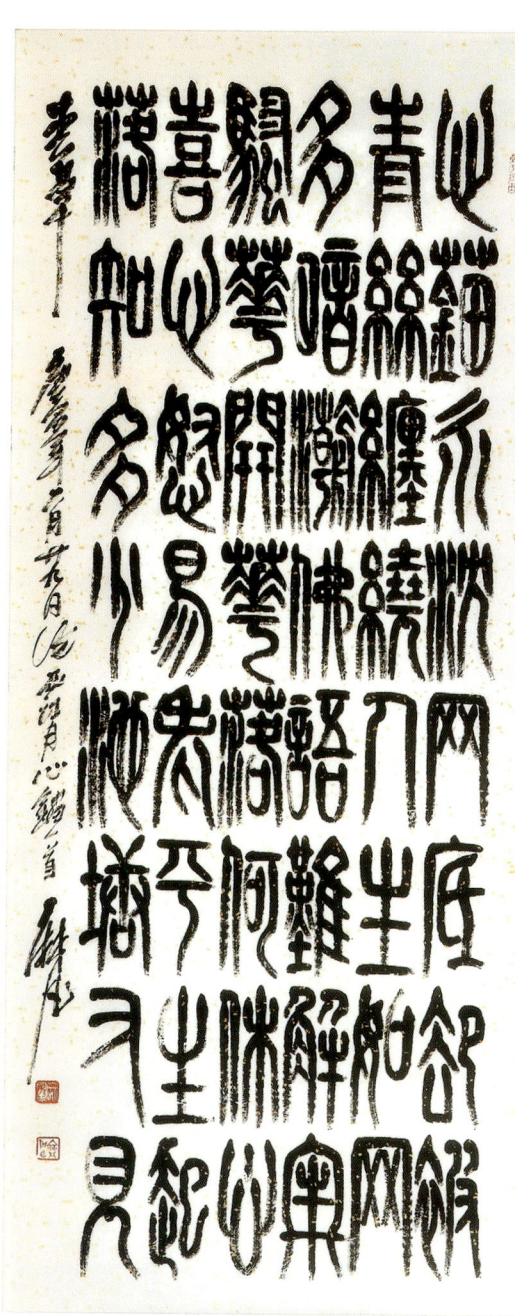

● 2010年6月29日作并书

西江月
　心　锚

心锚永沉网底，
却被青丝缠绕。
人生如网多暗潮，
佛语难解牢骚。

花开花落何休，
心喜心怒易老。
平生起落知多少，
池塘坐见春草。

● 胭脂梅・花染銀霜

● 2008年冬作并书

对　联

风来叶泼翰墨
雨去花染银霜

/47/

● 下山草·书剑行旅

七　律
书剑行旅

书剑行旅诗并酒,
山自健在江自流;
兰陵滩头垂钓竿,
大慈岩下泊行舟。

对景欲饮千杯醉,
邀月难解万古愁;
天涯此际知三昧,
羁客寻路上层楼。

● 2012年春作并书

● 富贵金龙·梦幻如棋

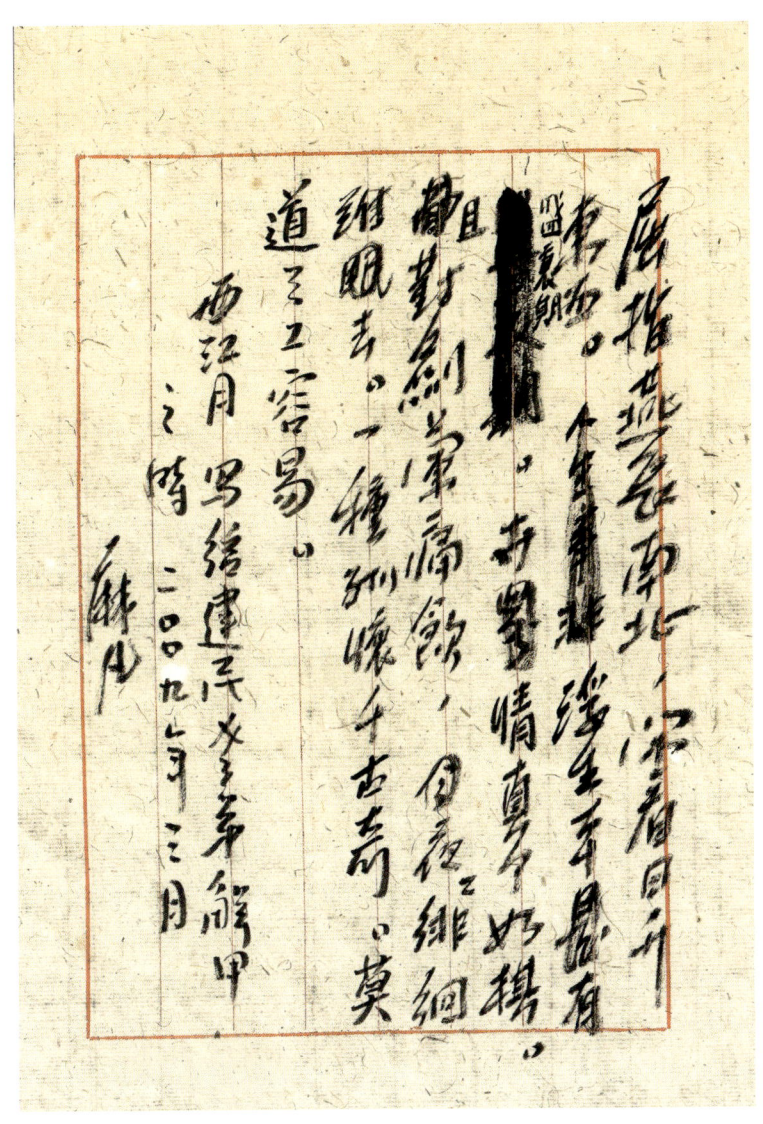

西江月
写在建民兄解甲归里之时

屈指燕飞南北,
闲看日升东西。
浮生本有盛衰期,
世情真个如棋。

且对剑兰痛饮,
夜夜徘徊难去。
一种孤怀千古奇,
莫道天工容易。

● 西蜀道光·思念

青玉案
思　念

枯叶萧萧落无数,
花非花,雾非雾。
目断远山人何处。
蝶隐衰草,
雁断云路。
独贮斜阳暮。

犹记当年春风度,
月色如水水似雾,
惟愿光阴好回溯。
风送樯桅,
心随舟楫,
一同寻梦去。

● 麻凡作上阕于2006年8月2日,于奎潮续下阕于2012年6月15日

● 久予梅・夜相思

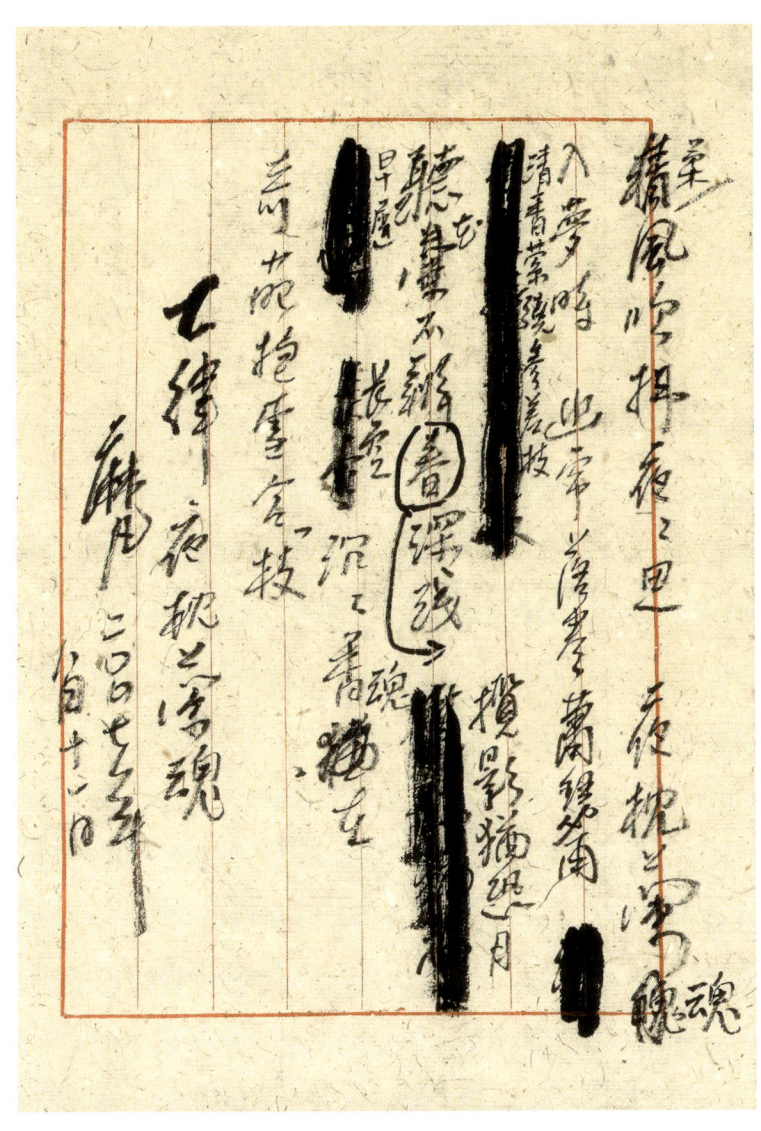

● 作于2007年8月11日

七　律
夜枕兰魂

柔风吹拂夜夜思,
夜枕兰魂入梦时;
幽帘落尽萧瑟雨,
清香萦绕参差枝。

揽影犹恐月听花,
不辨深浅春早迟;
长空沉沉香魂在,
奇葩抱雪含一枝。

● 天彭牡丹·仙株

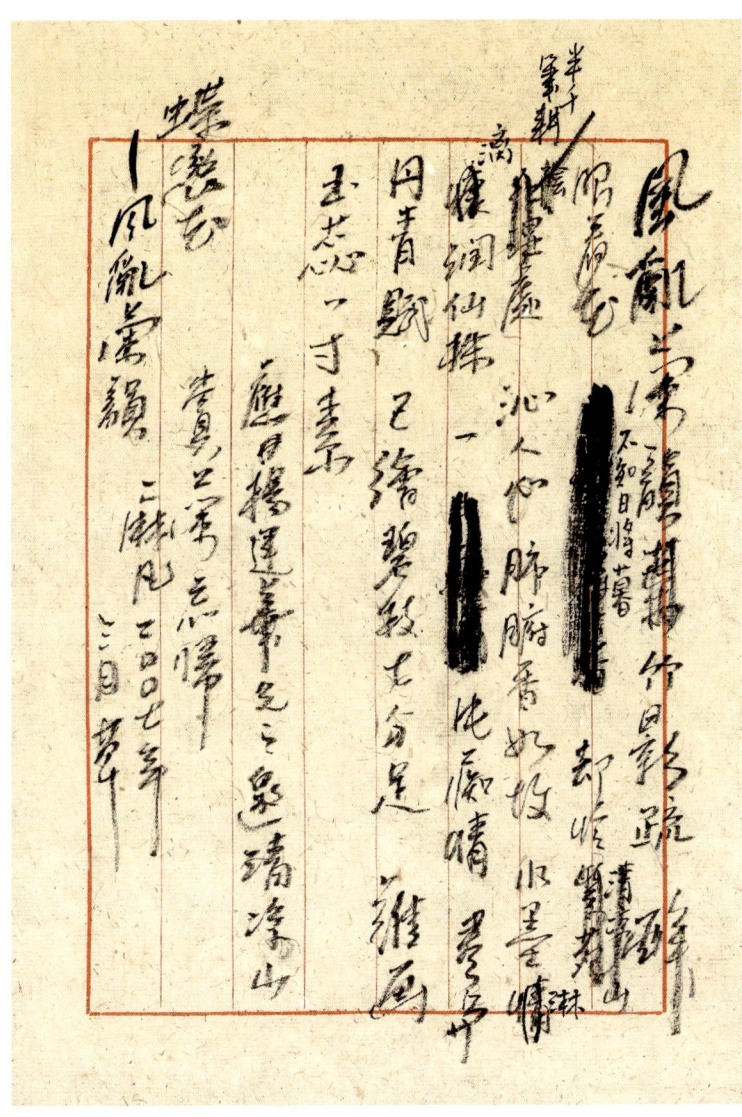

蝶恋花
风乱兰韵

风乱兰韵竹影疏。
醉眼看花,不知日将暮。
却怜半千笔耕处,
沁人肺腑香如故。

水墨淋漓润仙株。
一片痴情,
尽与丹青赋。
已绘碧枝七分足,
难画玉蕊一寸素。

● 作于2007年3月16日,时应杨建华兄之邀清凉山赏兰忘归。

● 知足素·午寐

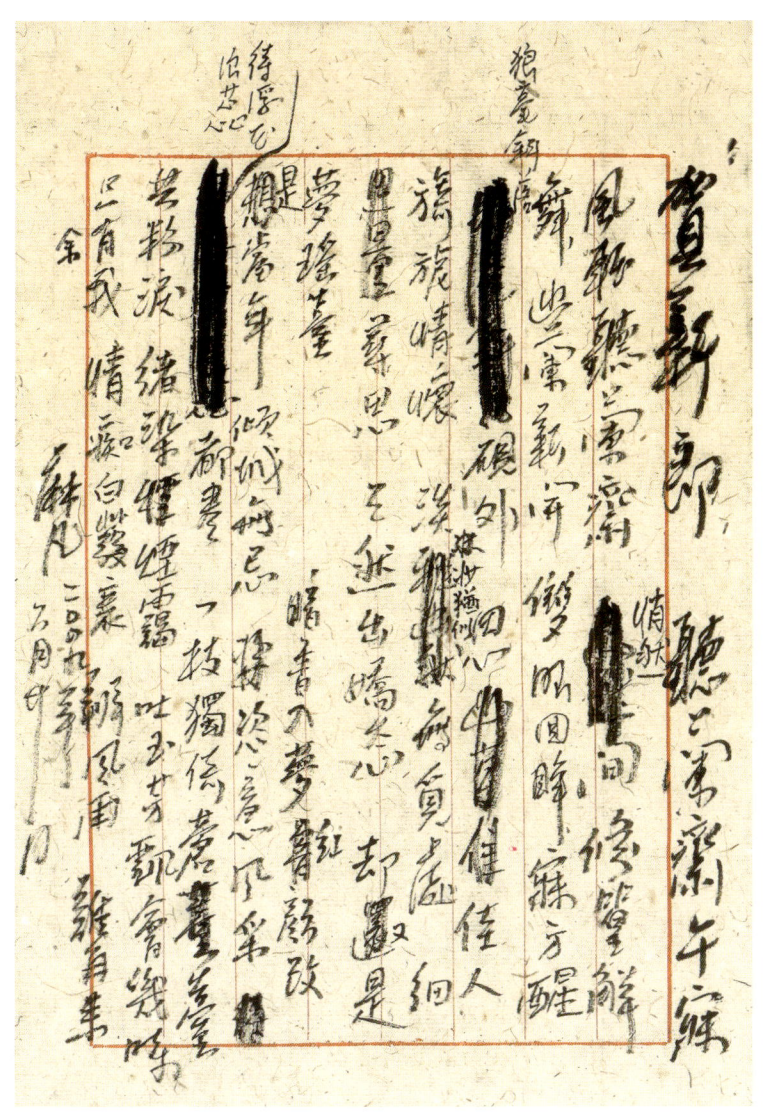

● 作于2009年6月20日

贺新郎
听兰斋午寐

风轻听兰斋。悄然间,修篁解舞,幽兰新开。
双眼回眸寐方醒,狼毫斜落砚外。思佳人、旖旎情怀。
淡妆犹似无觅处,细寻思,天然出娇态。却又是、梦瑶合。

暗香入梦红颜改。是当年,倾城无忌,恣意风采。
待浮花浪蕊都尽,一枝独倚苍苔。共粉泪、绪染烟霭。
吐玉飘芳会几时?只余我,情痴白发衰。辨风语,谁再来?

● 千禧蝶·梦兰

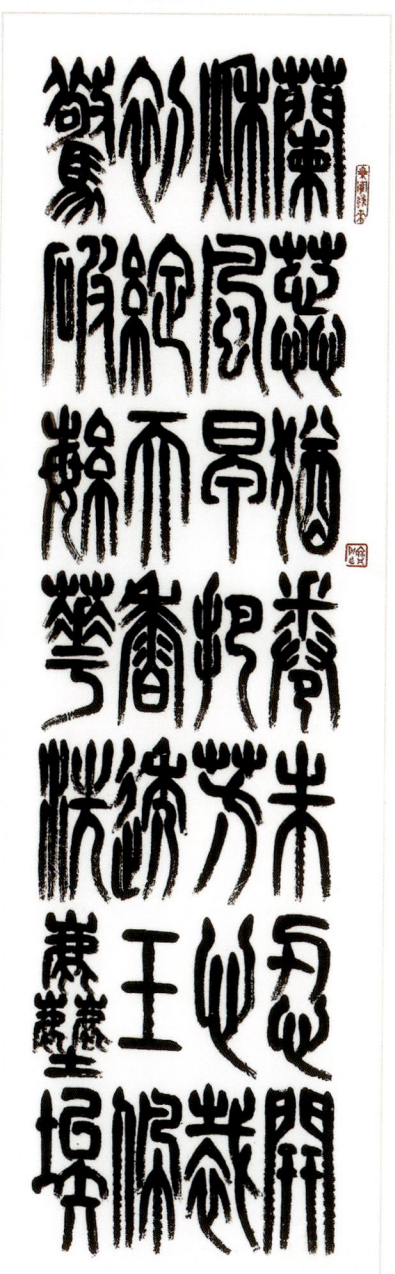

● 2010年夏作并书

七　绝
　梦　兰（一）

兰蕊犹卷未忍开，
秋风早把芳心裁；
初绽天香透玉佩，
惊破繁华洗尘埃。

● 雅州黄蝶·自含羞

七　绝
梦　兰（二）

绿叶掩映眉间瘦，
素心烟雨自含羞；
待到清凉深入骨，
一片痴情却难收。

● 2010年夏作并书

● 霍山黄芽·断魂

七 绝
梦 兰（三）

幽兰一夜白如冰，
已断芳缘复断魂；
缘起缘灭叹何急，
思长思短许几分。

● 2010年夏作并书

● 雪人·芬芹满屋好读书

七　绝
梦　兰（五）

自有清香临玉窗，
更无尘渣到肺腑；
何必红袖时添香，
芬芳满屋好读书。

● 2010年夏作并书

● 玉兔彩蝶·蝶梦

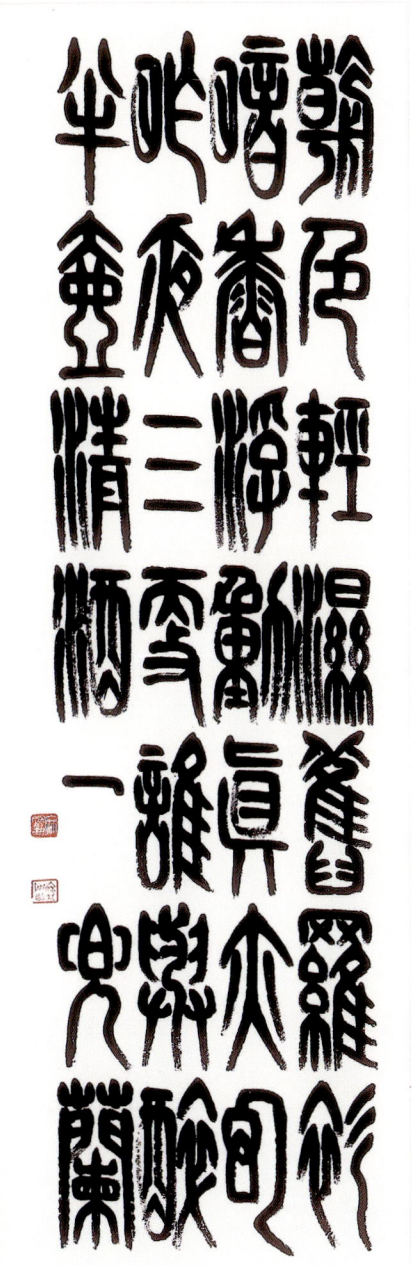

● 2010年夏作并书

七　绝
梦　兰（六）

朝色轻湿旧罗衫，
暗香浮动真亦幻；
昨夜三更谁与醉，
半壶清酒一兜兰。

● 翠雪·双飞燕

2010年夏作并书

七　绝
　梦　兰（八）

百岁梦生悲蛱蝶，
一朝芳去泣灵根；
衾枕终宵长无眠，
写入书笺泪数痕。

● 黑猫·香祖

● 2012年春作并书

念奴娇
香　祖

我来赏兰,论花册,
　　千古第一香祖。
　　　难入丹青,
　人道是,盖煞朱唇丽姝。
　　　奇蝶洇红,
　　　绿云润粉,
　　合是胭脂谱。
　　　素心如梅,
　　一枝先贮玉壶。

忍看白发疏狂,惟明月相对,香陨尘土。
　虽叹流英,独沉吟,守得十年修度?
　心潮起处,须进千杯酒,傲然风骨。
　惆怅为诗,诗成知向谁诉?

/73/

● 素心寒兰·疏影

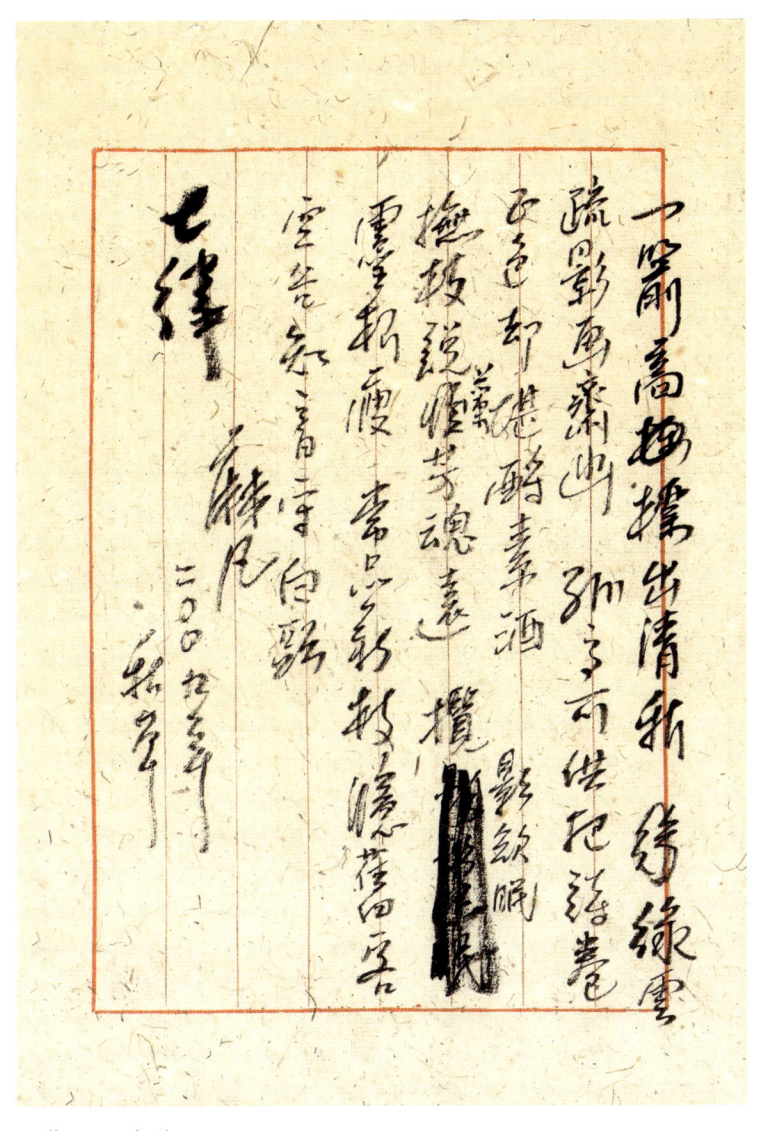

● 作于2009年秋

七 律
疏 影

一箭高标出清秋,
绿云疏影画斋幽;
孤高可供把诗卷,
正色却堪酹素酒。

抚枝说兰芳魂远,
揽影欲眠灵根瘦;
常品新枝忆旧客,
空谷知音守白头。

● 下山草·新绿

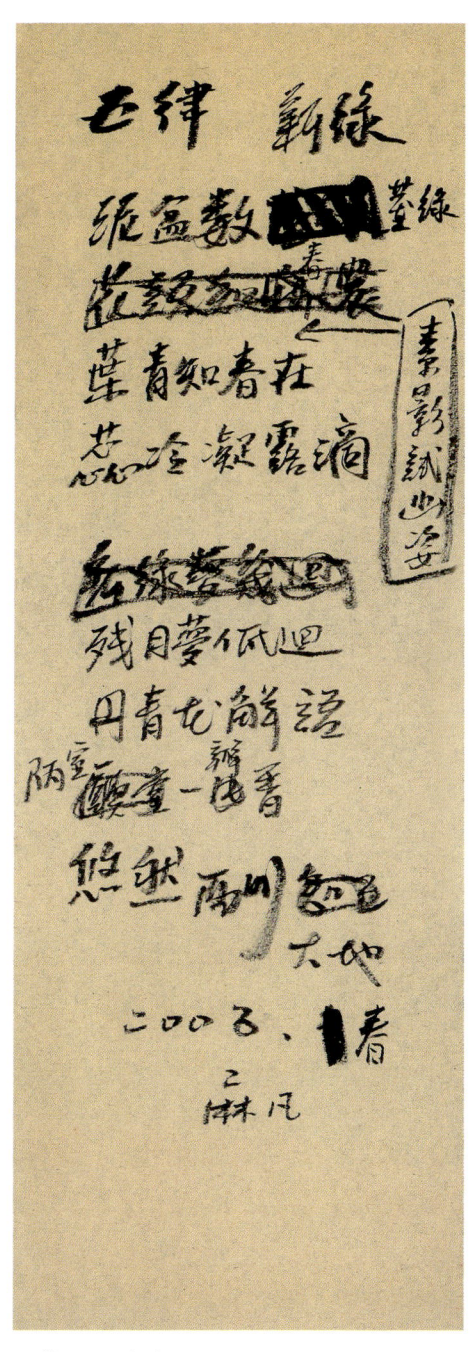

● 作于2005年春

五　律
新　绿

泥盆数茎绿，
素影试幽姿，
叶青知春在，
蕊冷凝露滴。

残月梦低回，
丹青花解语；
陋室一瓣香，
悠然酬大地。

● 三星蝶・楚楚玉女

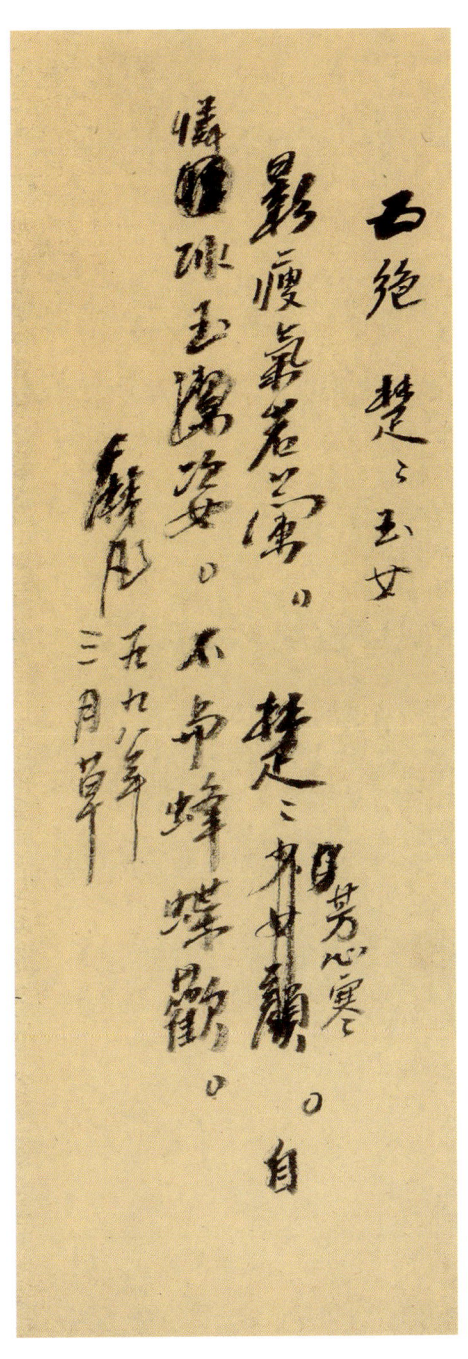

● 作于1998年3月

五　绝
楚楚玉女

影瘦气若兰,
楚楚芳心寒;
自怜冰玉姿,
不与蜂蝶欢。

● 余蝴蝶·幽魂

对 联

守百株兰花唯取心香一缕
悬三寸羊毫顿觉风月无边

● 2009年春节作并书

● 新荷鼎·坠露

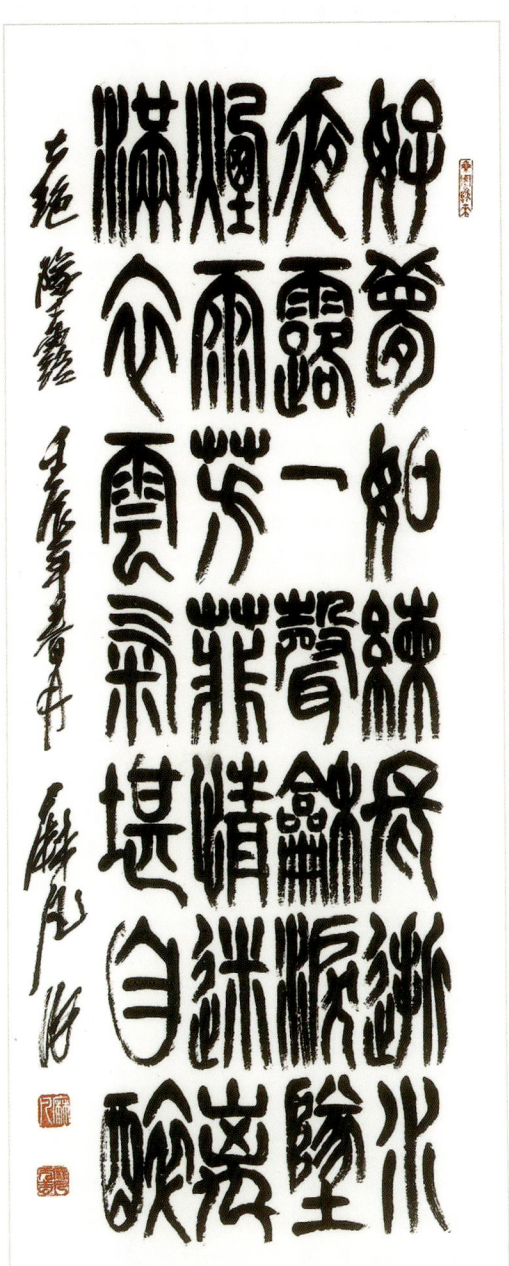

● 2012年春作并书

七 绝
坠 露

好梦如练长逝水,
夜露一声和泪坠;
烟雨芳菲情迷离,
满衣云气堪自醉。

● 绿牡丹·闲意

一剪梅
别梦兰圊

春兰初绽一寸光，
风散芬芳，
雨湿芬芳。
心缘尽处有余香，
情也绵长，
意也绵长！

别梦兰圊夜未央，
醒又何妨，
睡又何妨？
乾坤一笑成痴狂，
补了穹苍，
皱了穹苍。

● 2009年新春作并书

● 龙岩素·梵音

● 2008年冬作并书

对　联

心空读经意闲读史
神清写竹气静写兰

/87/

● 滇梅·凤林听禅

● 2009年春应国梅、达志之邀访鸡笼山凤林禅寺巧遇老友智光法师。作并书。

七　律
凤林听禅

春风何必度天涯，
细雨朦胧映人家；
翠株初染烟霞色，
疏蕊乍放凌霄花。

浮云无路风尤轻，
凤林有缘气自华；
清茶论交天地远，
泼墨走笔穷造化。

● 庆梅·苦禅

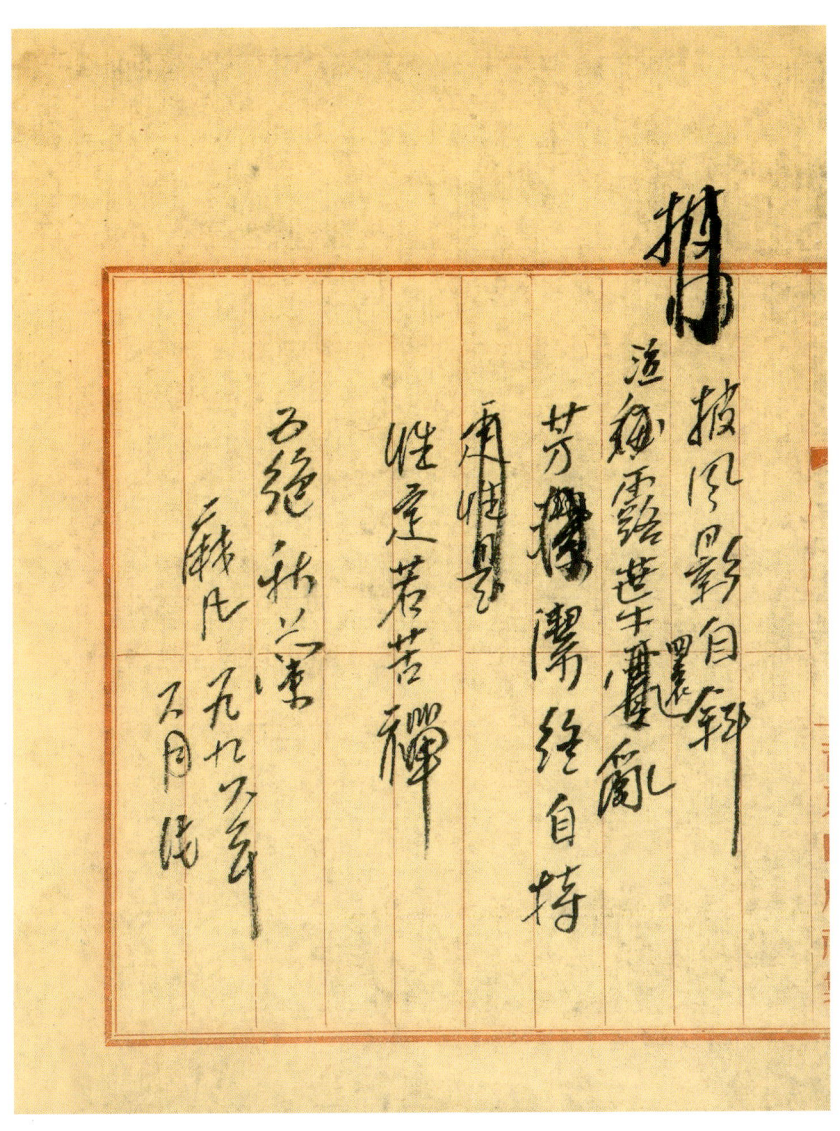

五　绝
苦　禅

披风影自斜,
泣露叶还乱;
芳洁终自持,
性定若苦禅。

● 作于1996年6月

● 锦上添花·心境

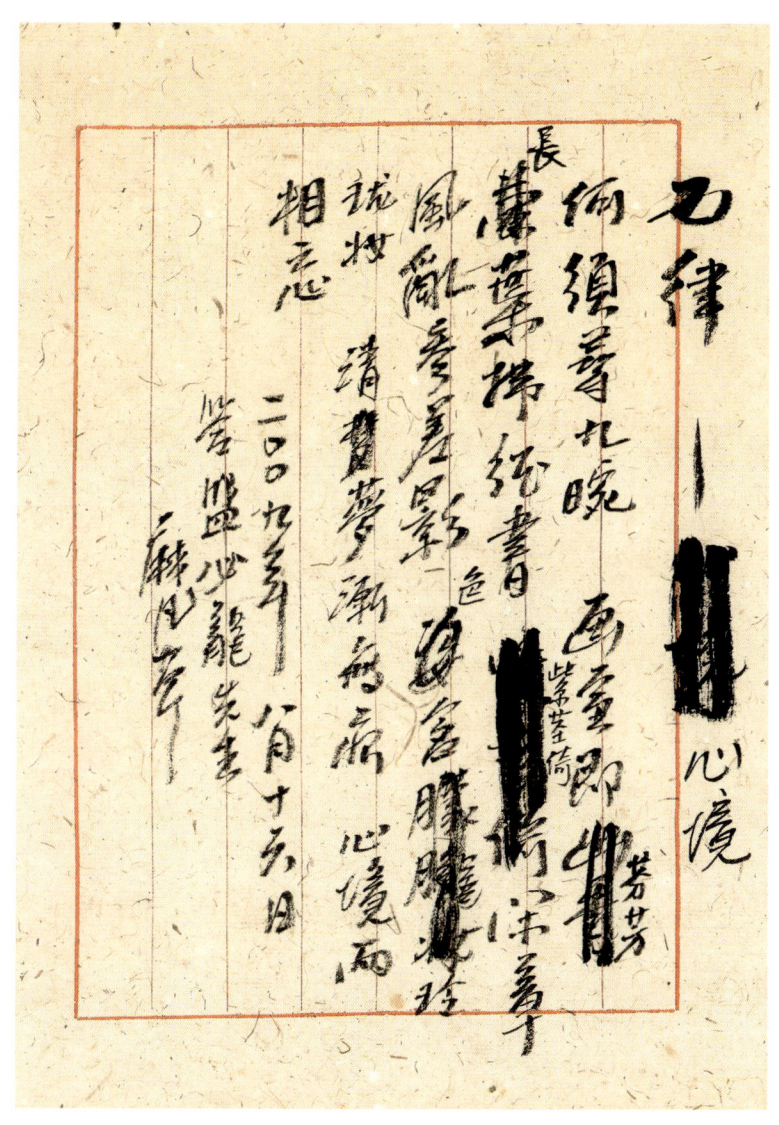

2009年8月16日答盛必龙先生

五 律
答盛必龙先生

何须寻九畹,
画室即芬芳;
长叶拂经书,
紫茎倚闲章。

风乱参差影,
色含玲珑妆;
清梦渐无痕,
心境两相忘。

● 绿云·玉壶冰心

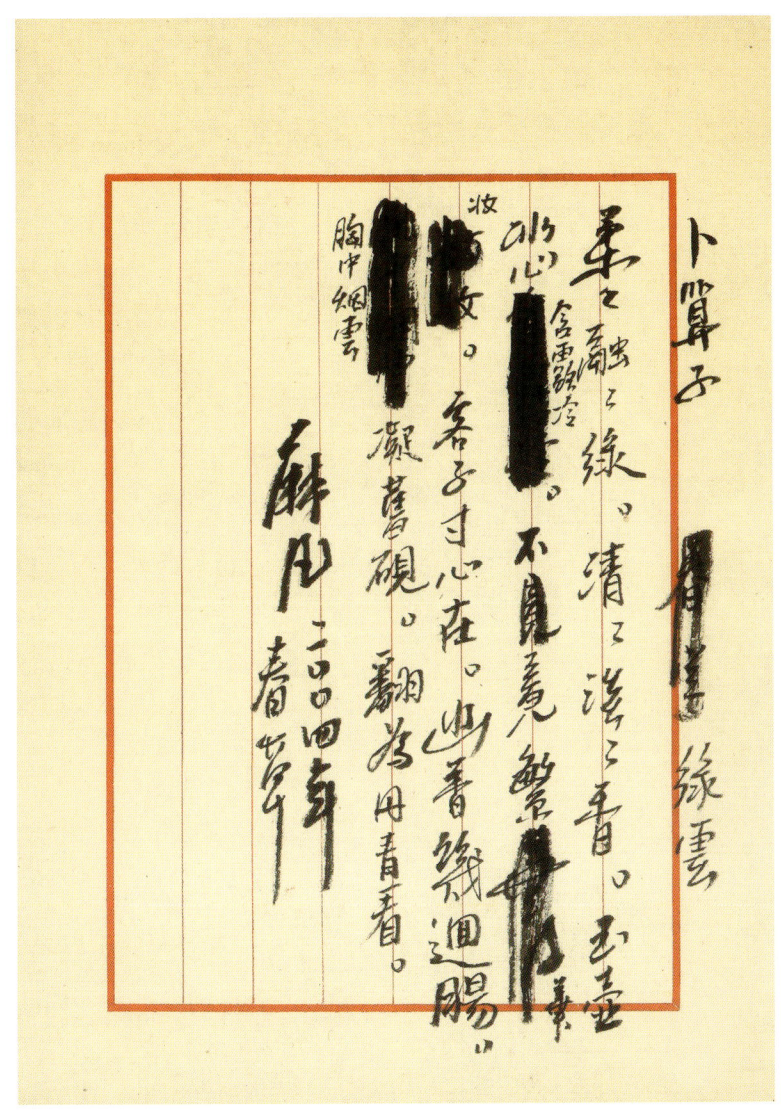

卜算子
　绿　云

柔柔融融绿,
清清淡淡香。
玉壶冰心含露冷,
不竞繁华妆。

客子寸心在,
幽香几回肠。
胸中烟云凝旧砚,
翻为丹青看。

● 作于2004年春

● 千禧梅·纸鹤情

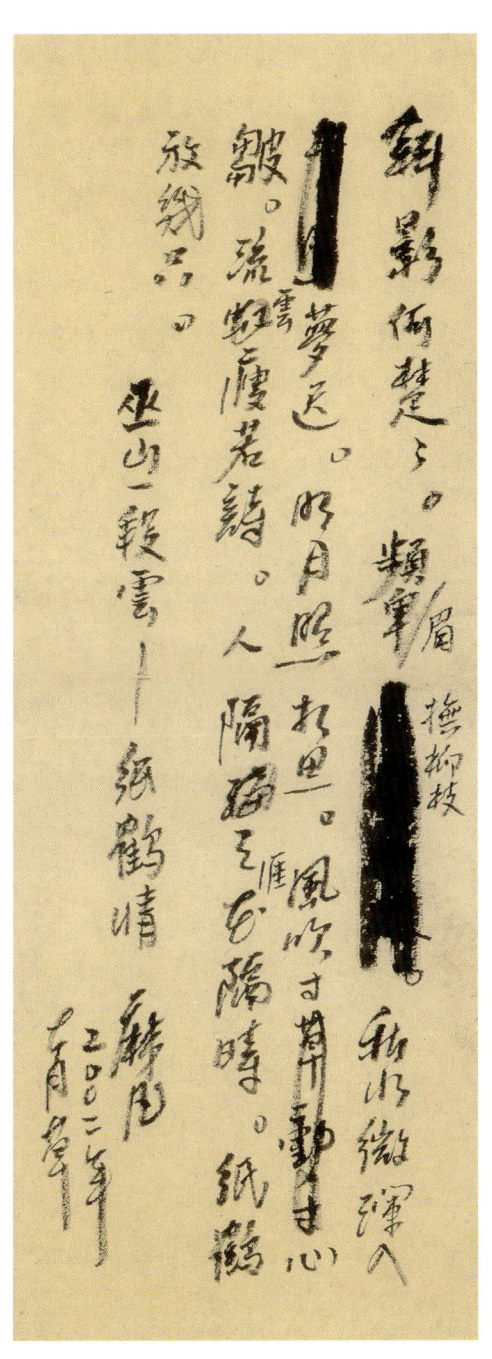

● 作于2011年7月

巫山一段云
纸鹤情

斜影何楚楚,蛾眉抚柳枝。
秋水微澜入梦迟,明月照相思。

风吹寸心皱,流云瘦若诗。
人隔天涯花隔时,纸鹤放几只。

● 春剑白复轮·燕语

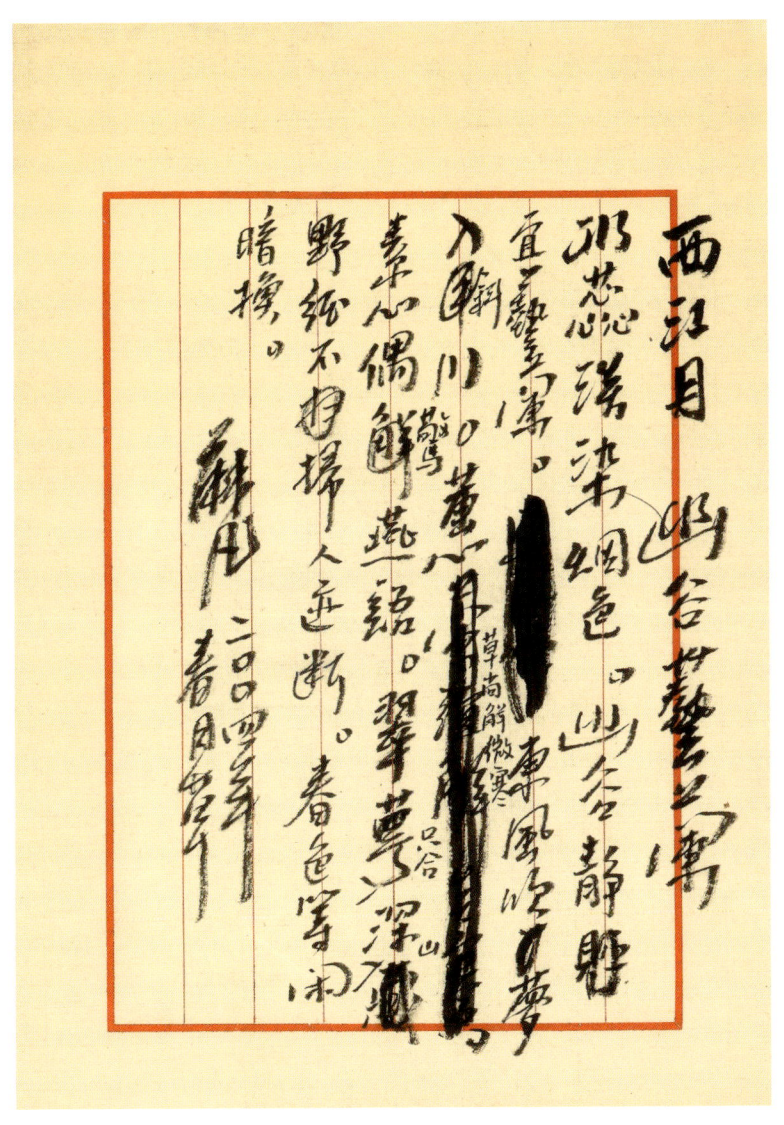

西江月
幽谷艺兰

冰蕊淡染烟色,
幽谷静宜艺兰。
东风吹梦入斜川。
蕙草尚解微寒。

素心偶惊燕语,
翠萼只合深山。
野径不扫人迹断。
春色等闲暗换。

● 作于2004年春

● 梁祝·花魂瘦

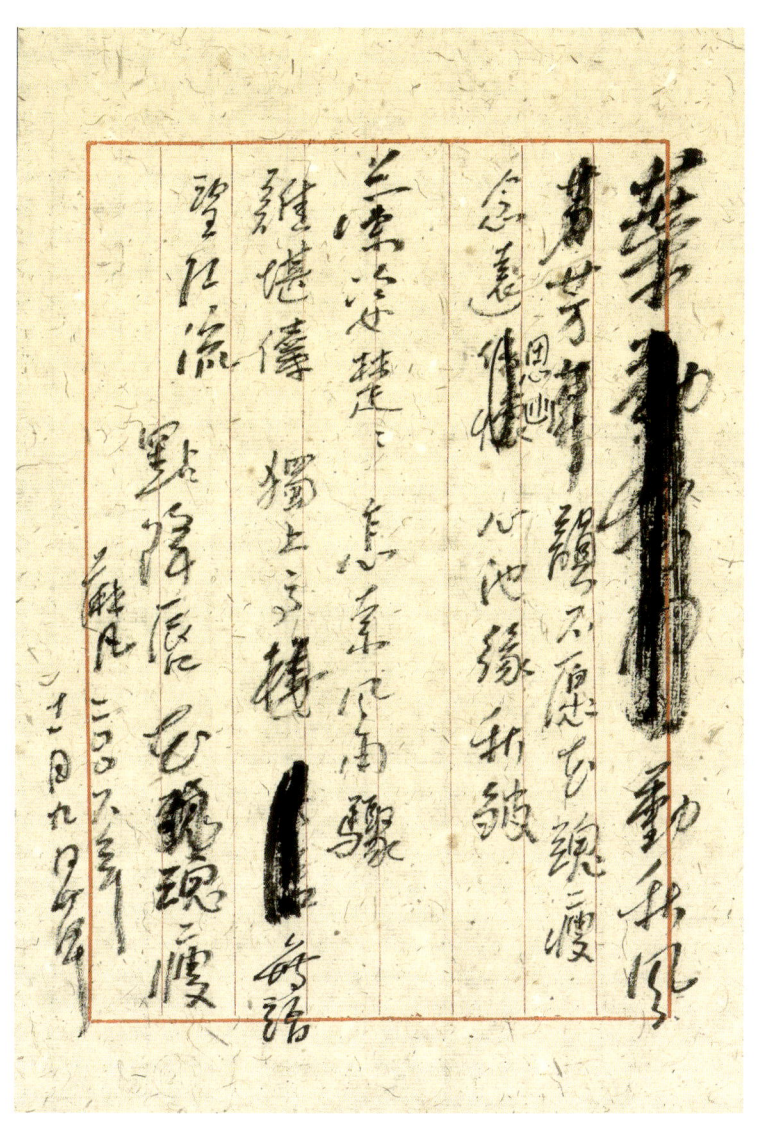

● 作于2006年11月9日

点绛唇
花魂瘦

叶动秋风,芳韵不愿花魂瘦。
念远思幽,心池缘秋皱。

兰姿楚楚,怎奈风雨骤。
谁堪倚,独上高楼,无语望江流。

● 江南雪·江南信

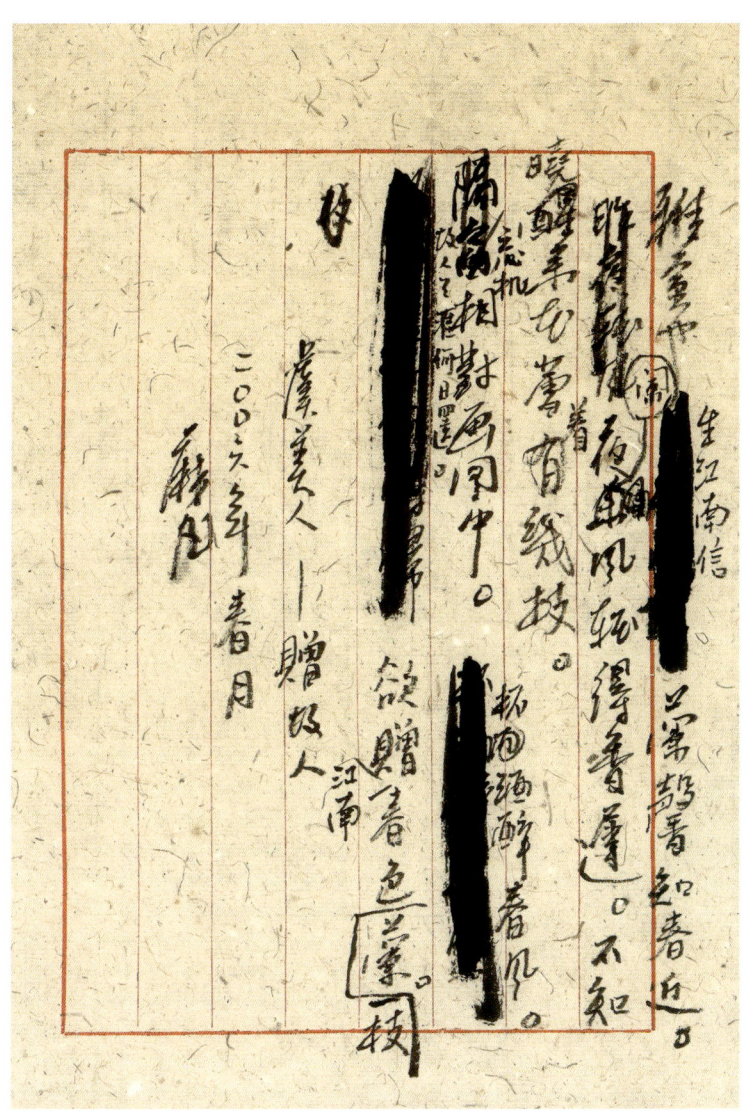

● 作于2006年春

虞美人
赠故人

雅室也生江南信,兰馨知春近。
夜阑风轻得香迟,不知晓来花蕾着几枝。

忘机相对画图中,杯酒醉春风。
故人天涯何日还,欲赠江南春色一枝兰。

● 绿英·听兰

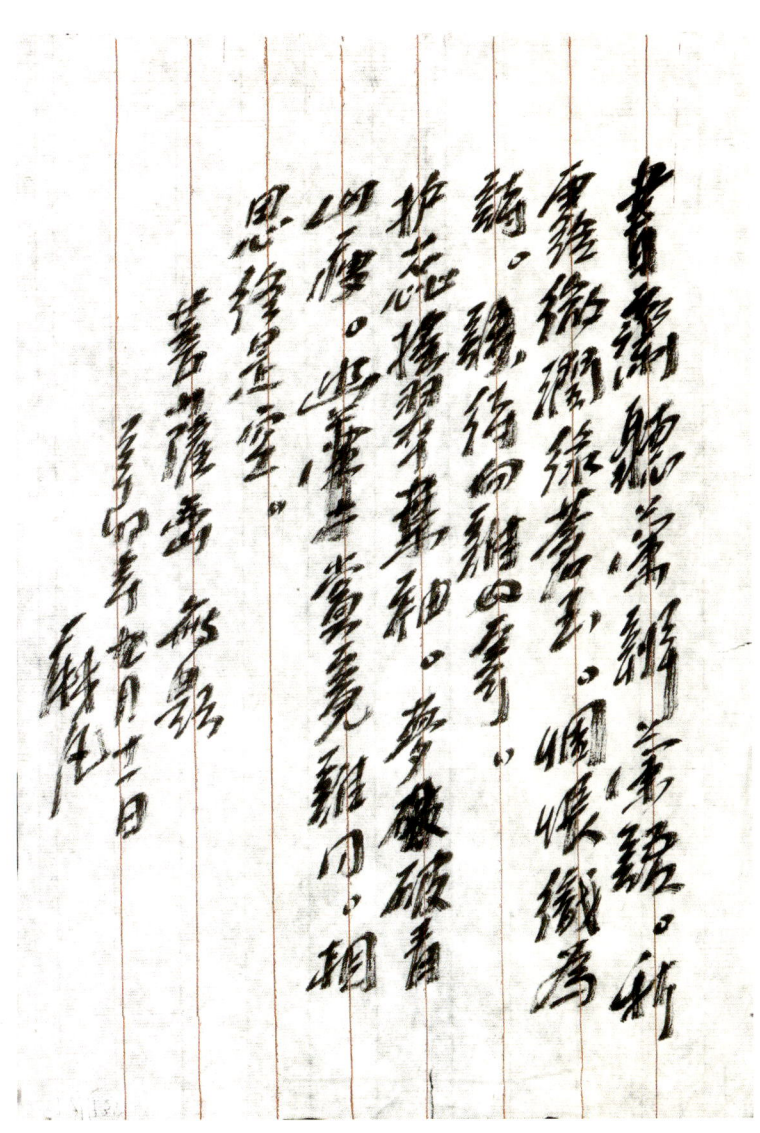

菩萨蛮
书斋听兰

书斋听兰辨兰语,
秋露微润绿苍玉。
惆怅织为诗,
待向谁人寄?

护蕊摇翠袖,
梦破青山瘦。
幽赏竟谁同,
相思终是空。

● 作于2011年10月7日

● 花绣球·赠张步耳

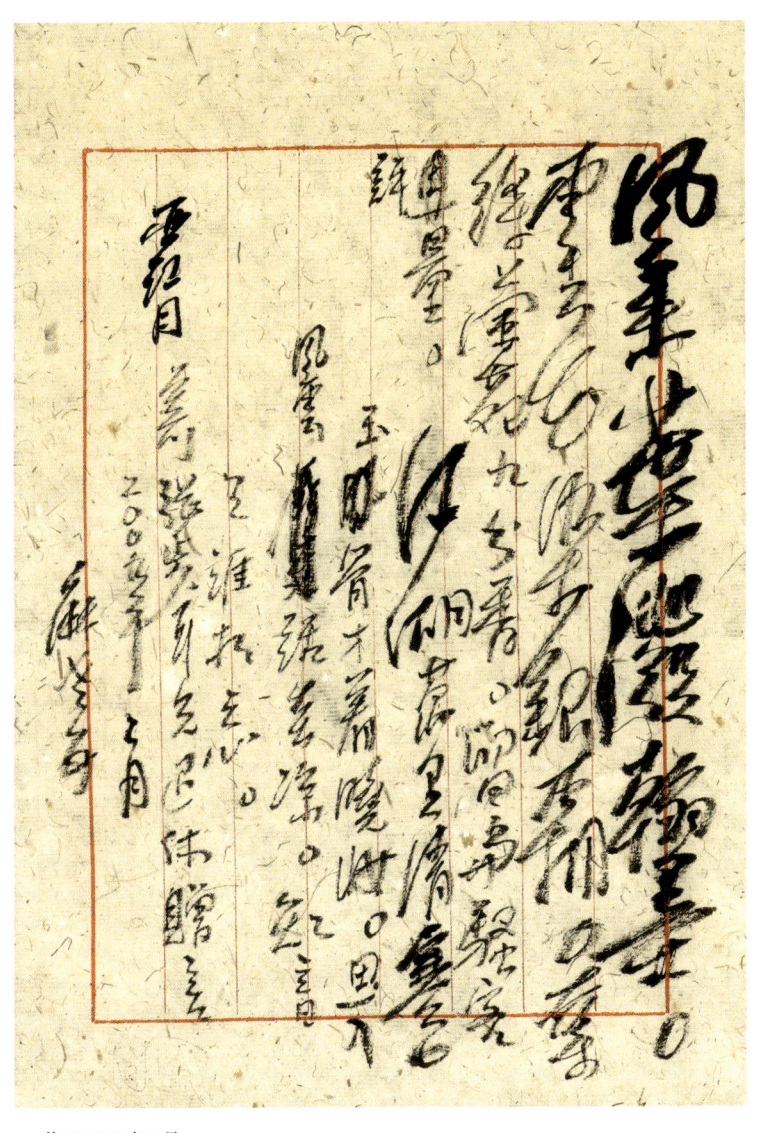

西江月
写给步耳兄

风来叶泼翰墨,
雨去花染银霜。
夺得兰苑九分香,
留与骚客评量。

海天万里清寒,
玉骨才着晓妆。
思入风云话炎凉,
知音天涯相忘。

● 彩桃・闲思

七 律
闲 思

一帘新月弄天真,
片时清风却销魂;
轻握羊毫生墨迹,
闲翻故纸有余痕。

新绿何必润新雨,
残红终究化残尘;
信手拈来无深意,
自别天涯勤相问。

● 2011年冬作并书

● 新海蝶・对影

七 律
独对幽兰

斜倚栏杆漫忆君,
故园兰花倩谁问;
幽香销魂俏无语,
飞絮如烟难留痕。

红尘浮华伴月老,
江山云岚随雨新;
傲骨由来生浩气,
酒樽对影话浅深。

● 2011年春作并书

● 黄金海岸·问春

鹧鸪天
问　春

检点流年欲问春，
无端柳絮落纷纷。
池畔清逸水波浅，
云汉苍茫天幕深。

雁影远，梦还真。
却说诗酒思闲人。
兰开孤岭痴为伴，
闲揽风霜作芳尘。

● 2012年春作并书

● 千禧牡丹·独坐

1999年秋作并书

如梦令
独　坐

谁伴残月独坐,
举首一脉星河。
幽梦虽常索,
怎抵岁月如梭。
心涩,心涩,
秋来万叶摇落。

● 剑阳蝶·拭尽风尘

七 绝
读金钢经有悟

独赏兰花泊清心,
初闻秋风禅机生;
经卷一念意绪静,
拭尽风尘都是空。

2011年秋作并书

● 解佩・深山觅幽

● 2011年春应马闽先生之邀访雁荡山，作并书

五　律
深山觅幽

千里赴名山，
心雄不畏难；
崖悬石见奇，
壑深花更艳。

风起天自开，
云沉山忽断；
地冷收泉声，
花在有无间。

● 冠神·醉亦清盈

2011年春作并书

一剪梅
昨夜梦兰

昨夜梦兰觉轻灵，花也娉婷，叶也娉婷。
一枕相思酿余情，觉亦清盈，醉亦清盈。

欲寄幽芳风雨惊，怎又为卿？怎不为卿。
疏枝玉蕊逢初晴，谓我痴诚，怎不痴诚？

后记

  我在等待最后一盆兰花"汗血宝马"的绽放。

  六十张兰花照片，六十首咏兰诗词，六十幅书法作品，整整数年的时间，我的这本别树一帜的画册即将完工，等待的就是最后一盆"汗血宝马"兰花的绽放。

  我画室中的数十盆兰花是画册的主角。

  兰者，寄身于山谷峭壁之间，不避幽独、与世无争；四时不凋、耿介高洁。孔子云：芝兰生幽谷，不以无人而不芳。我画室中数十盆兰花，以窗棂为峭壁，以壁龛为幽谷。虽无山风之回荡，亦有花蕊灵动之感；虽无朗月之共舞，却见翠叶披离之趣。兰之绽放并不以我画室中常见鸿儒、白丁之往来而有分别。

  馨香的暗动，色彩的变幻，线条的起伏，渐渐在我心中融为一种不可言说的"密语"，带给我关于生命的种种理解与感悟。

  周琳兄突发奇想，要用镜头记录兰花绽放的瞬间。这种记录蕴含了现实中的迷离世界：梦幻、朦胧，颇似中国水墨画的泼墨与渲染，又如亦真亦幻的心境观照。为了实现奇想，她在数年时间里，对画室中的兰花进行跟踪拍摄，每一盆兰花绽放的过程，不同的角度，拍了一张又一张，只取最美的一张为该株兰花的写照。

  造物主创造了美，每个人都有权去追求、享受属于自己的那份美。但是，又觉得还有许多意味未尽，还有一些理念尚需探究，还有一点心情亟待拾取。于是，余便有了与兰花摄影相对应的诗词，便有了兰花诗词书法作品。

  她在拍摄绽开的兰花时，并不是单纯追逐光影的曼妙与形式的美感，而是要表现心灵的渴望与内在的张力，余触景生情的诗词让兰花摄影多了思想的光彩，配以清新淡雅的小篆使画册增加了一种澄心悦目的形式美。使兰花、诗词、书法三峰并峙，珠联璧合，相映成趣，则是这本画册的本愿。

陈佩秋先生曾说："热爱即天才。"此乃圣言也。因热爱而走上从艺之路，往往穷其一生致力于此，以自己的所爱为首要追求，不为世间的名利所左右。对此，我感同身受，我植兰育兰源于此，赋诗作词源于此，绘画书法源于此，唯有热爱，才能成功。

该书的出版得到诸多朋友的关照，于奎潮、王金城、刘自强、刘宁……在这里，真诚的说一声谢谢。

最后一盆兰花绽放了，画册也就完工了，只希望它给朋友们的业余时间带来一点愉悦，其中粗陋与不足之处，还望读者们赐教和指点。

麻凡于听兰斋

2012年4月16日